JN195273

湖月訳　源氏物語の世界　V

名場面でつづる『源氏物語』

島内景二

花鳥社

湖月訳 源氏物語の世界 V

名場面でつづる『源氏物語』

目次

はじめに　10

42　匂兵部卿巻を読む　30

42―1　巻名の由来、年立、この巻の内容　31
42―2　光源氏を継ぐべき二人の貴公子　32
42―3　出生の秘密を察知している薫　37
42―4　光源氏、匂宮、薫　44

43 紅梅巻を読む 49
43—1 巻名の由来、年立、この巻の内容 50
43—2 紅梅大納言の光源氏追慕と、匂宮への接近 51
44 竹河巻を読む 60
44—1 巻名の由来、年立、この巻の内容 61
44—2 巻頭の草子地 62
44—3 玉鬘、薫を絶賛する 66
44—4 桜の花を見ながら囲碁を打つ姉妹 70
45 橋姫巻を読む 76
45—1 巻名の由来、年立、この巻の内容 77

45—2 新しい物語の始動 80
45—3 父と、娘二人の暮らし 85
45—4 八の宮、娘二人と宇治へ移る 93
45—5 八の宮と薫の交流、始まる 100
45—6 宇治を訪れる薫 105
45—7 薫、月下の姉妹を垣間見る 110
45—8 弁という老女房の出現 118
45—9 薫と大君の和歌の贈答 122
45—10 実父の遺書を読む 129

46 椎本巻を読む

140
46—1 巻名の由来、年立、この巻の内容 140
46—2 薫の吹く笛の音 141
46—3 八の宮の女性観 147
46—4 八の宮、二人の娘に遺言を残す 154

46―5　八の宮、山寺で逝去する　161
46―5―1　八の宮の発病と、阿闍梨の助言　162
46―5―2　父の死の知らせを聞く娘たち　167

47　総角巻を読む

174
47―1　巻名の由来、年立、この巻の内容　174
47―2　「総角《あげまき》」の歌　175
47―3　薫の大君への最初の接近　183
47―4　大君、中の君と薫が結ばれることを願う　190
47―5　薫の大君への二度目の接近　196
47―6　中の君と結ばれた匂宮の思い　205
47―7　大君の匂宮批判　211
47―8　大君の死　218

48 早蕨巻を読む 228
48―1 巻名の由来、年立、この巻の内容 228
48―2 薫、中の君と語らう 229
48―3 中の君、宇治を発《た》ち、二条院に入る 238
49 宿木巻を読む 245
49―1 巻名の由来、年立、この巻の内容 245
49―2 帝、薫に、女二の宮の降嫁を打診 246
49―3 薫、中の君から浮舟の存在を教えられる 255
49―4 薫、弁と和歌を唱和する 267
49―5 薫、柏木の形見の横笛を吹く 274
49―6 薫、浮舟が大君と酷似していることに驚く 280

おわりに……批判の矢に耐えてきた『源氏物語』 288

はじめに

物語に入る扉と、物語から出る扉と

『源氏物語』の世界へようこそ。

この第Ⅴ巻では、宇治十帖の扉を開き、その中へ、その奥深くへと、入ってゆきたい。物語の中へ入るとは、どういうことなのか。

たとえば、光源氏が活躍した正篇（桐壺巻から幻巻まで）の世界は、第Ⅰ巻から第Ⅳ巻までで辿ってきたように、名場面に満ちていた。

そのような『源氏物語』正篇を、現代語訳ではなく、『湖月抄』で読むことの意義は、物語の世界の中へ読者が入ってゆく扉を開く点にあった。

ところが、扉の中の物語世界で、光源氏は超越的な美質に恵まれた主人公であったので、まさに空前絶後・前人未踏の偉業を成し遂げてゆく。光源氏の感じた喜びや悲しみは、あまりにも巨大なので、読者には、「共感」することが困難な側面もあった。

また、『伊勢物語』の「昔、男ありけり」ほどではなくても、『源氏物語』は、「光源氏ありき」の組み立てがなされていた。光源氏の側から女性へ働きかけることを中心として場面が構成されているので、光源氏からの働きかけを受ける「女性の心」を追体験することも、かなり困難であった。

ところが、『湖月抄』で読むと、正篇であっても、登場人物の心の中に分け入ることが可能だった。

まず、本文の横に記されている「傍注《ぼうちゅう》」によって、本文のおおよその意味が理解できる。さらに、『湖月抄』には、本文の上に「頭注《とうちゅう》」があり、本文が踏まえた和歌や漢詩、さらには歴史的事実などの典拠が、詳細に解説されている。加えて、これが重要なのだが、頭注には「鑑賞のポイント」も書かれている。この「湖月訳　源氏物語の世界」シリーズでは、「湖月訳」と称して、この頭注部分を訳文の中に溶かし込んだ。

『湖月抄』を通して本文を読むことで、登場人物の複雑な「心」の中が、手に取るようにわかるようになる。そこから、読者の『源氏物語』体験が始まる。

読者が物語を「体験」するとは、登場人物になりきって、物語世界の中の空気を吸い、そこで起きる出来事を、自分自身の出来事として体験する、ということである。登場人物の喜怒哀楽を、自分のものとすることである。

それを可能にする『湖月抄』は、まさに『源氏物語』の作中世界への扉なのである。そして、扉の中へ入り込んだことを後悔させないのが、『湖月抄』なのである。

作者である紫式部が、『源氏物語』の執筆に込めた「創作心理」や「創作意図」まで、『湖月抄』は照らし出している。

『湖月抄』の説の不十分な箇所や、『湖月抄』の解釈が浅い部分には、本居宣長の『玉の小櫛』が修正意見を提出しているので、両者を併せ読むことで、読者は紫式部の心の真実に触れることが可能となる。

ところが、作中世界を我《わ》が事《こと》として体験することで、読者は、大いなる疑問の種を抱き始める。光源氏は、なぜ、末摘花をこんなにも愚弄できるのだろうか。末摘花は、なぜ、光源氏の失礼な発言に反撃しないのだろうか。

光源氏は、なぜ紫の上の絶望の核心を、理解できないのだろうか。

読者の感じた疑問の種は、やがて発芽し、大きく成長してゆく。そして、もはや物語世界に「共感」できなくなった読者は、物語の「扉」を再び開けて、今度は物語の内部から、物語の外側にある現実世界へと戻って来る。

それにしても、物語の内部に入ってから、出てくるまでに、読者は、多くのことを「体験」している。だから、物語を読む前と、読んだ後では、読者の心は大きく変貌している。

私は思う。正篇（光源氏の物語）が終わった時に、作者である紫式部本人が、『源氏物語＝正篇』という物語世界の扉から、外へ出ていったのではないか。

作者は、自分が書いた作品の「最初の読者」にして、「最大の読者」である。自分の書いた物語の意義と限界を、最もよく認識できただろう。

だが、ここで、『源氏物語』は終わらなかった。

紫式部は、第三部の宇治十帖を書いた。それは、『源氏物語＝正篇』を否定する『源氏物語＝宇治十帖』であり、『源氏物語＝正篇』を超える『源氏物語＝宇治十帖』だった。

紫式部は、『源氏物語＝正篇』の扉から一旦は外へ出たけれども、新たに『源氏物語＝宇治十帖』の扉を開け、その中へと入り、新しい『源氏物語』の世界を開拓し始めたのである。

その宇治十帖とは、どういう世界だったのか。

宇治十帖は読みやすい

宇治十帖の文章は、正篇よりも速く読める。これは、確かな事実である。

私自身、カルチャーで『源氏物語』を講読した体験がある。北村季吟の『湖月抄』をベースとして、それに対する反対意見を述べた本居宣長の説を追加した『増註湖月抄』がテキストだった。

二時間の講義時間だと、正篇では、一回について六ページくらい、読み進んでいた。ところが、宇治十帖に入ると、一回につき、八ページくらいは読めるようになる。時には、それでも時間が余ってしまうので、その日に読んだ本文を復習する時間まで取れる。

どうして、宇治十帖の文章は、こんなにも速く読めるのだろうか。

参考になるのが、文芸評論家青野季吉《すえきち》（一八九〇～一九六一）の見解である。青野は、一九三八年、第二次人民戦線事件に連座し、治安維持法違反で検挙された。独房生活の中で、午前中の三十分の運動時間と、食事時間を除いては、「まる一日じゅう」、『源氏物語』の原文と向かい合ったと言う（『文学という鏡』「獄中の『源氏』」）。そして、次のような認識に到った。

ただ言つておきたいのは、少しの骨折りさへすれば、「源氏」の実体に触れうる能力をもつものが、現代語訳であつさりと間に合せておくやうな事があれば、「源氏」にとつても不幸だし、それよりその人にとつて此上もない不幸だといふことだ（『文学の場所』「源氏物語の鑑賞」）。

「湖月訳　源氏物語の世界」を書いている私の心を、青野は代弁してくれている。その青野が、次のように言っている。

そして第二十（島内注、正しくは二十二）の巻の「玉鬘」あたりからは、「源氏」の文章は、寧《むし》ろ平板で平易すぎるやうな反動的な解釈さへ下されるほどである。これは勿論すつかり慣れて来るからでもあるが、また「玉鬘」を堺《さかひ》として、どことなく文章から受ける感じが変つて来るのにも原因してゐる。それが「宇治十帖」に入ると一層に激しく、心理描写も、抒情も格段に微細になつてゐるが、文章はますます読み易《やす》く解し易《やす》くなつて行くばかりである。（『文学の場所』「源氏物語の鑑賞」）

私は、青野の『文学という鏡』と『文学の場所』の文章を、恩師秋山虔先生から譲り受けた本を見ながら、書き写した。それらの本には秋山先生の独特の流儀で、「ここが重要な部分だ」と思ってマークした箇所が、随所に残っている。

その秋山先生に、私は、尋ねたことがある。「講読していると、宇治十帖は速く読めすぎて、困ることがあります」。先生は、複雑な表情をして、「私も、同じ体験をしたことがある。それにしても、宇治十帖が読みやすい文体になったということは、作者である紫式部の文学者としての技倆が上がった、ということなんでしょうかね」と、首をかしげながら、反問された。

先生も、青野季吉と、同じことを感じておられたのである。

この時、先生から提起された問題意識は、今も、私の未解決の問題として残っている。宇治十帖が感動的であることと、宇治十帖の文芸的な価値が高いこととは別次元である、という問題提起である。

確かに、宇治十帖の世界には、純文学と通俗小説の双方の雰囲気が漂っている。「大岡昇平の『武蔵野夫人』や『花影』の雰囲気である」と言ったら、わかっていただけるだろうか。

作者と物語の関係性

物語の文体が変化しているのは、作者の文学性や人間性、ひいては、物語に求めるものが一変しているからである。だからこそ、「宇治十帖の作者は、正篇の作者とは別人である」という説も、出てくるのだろう。

宇治十帖の作者は紫式部である、と私は考える。ただし、「正篇（第一部と第二部）を書いていた頃の紫式部」ではない、と言ってよい。

今から四十五年前、私が書いた卒業論文のタイトルは、「宇治十帖の表現と作者」だった。論文題目を指導教官と相談して決定する際に、秋山先生からは、テーマを変更したらどうか、という助言をいただいた。「第一部があって第二部があり、第二部があって第三部がある。正篇があって続篇があるのだから、いきなり第三部（続篇）の宇治十帖をテーマとしても、『源氏物語』の本質に迫れるでしょうかね」。

頑迷な私は、「どうしても、宇治十帖から研究を始めたいのです。『源氏物語』の到達点を見定めてから、出発点に戻る、という方法論もあるのではないでしょうか」と言い張って、「そこまで言うのであれば、やれるだけやってみなさい」と認めてもらった。

やはり、と言うべきか、宇治十帖の表現を通して、作者の心の到達点を見定めるという私の目論見は、難航した。ワープロもパソコンも、そしてプリンターもなかった時代に、四百字詰の原稿用紙で七百枚の論文を、清書する寸前になった時、私の心は空しさで一杯だった。宇治十帖の表現を、どんなに精緻に、どんなに深く分析しても、当時の私の分析能力では、作者の「心」にはまったく迫れなかった。

『源氏物語』は、大木であり、いくつもの枝が伸びており、無数の葉が生い茂っている。その大木の高さや、枝の数や、葉の色や、葉の枚数を、どんなに数量化して計測しても、巨木の生命力には到達できなかった。

卒業論文を書きながら、私は、『源氏物語』という大木を支えている「土壌」を、次なる修士論文で分析したらどうだろうか、と考えるようになった。それが、二年後の修士論文「源氏物語の母体」のテーマとなる。

けれども、何はともあれ、「宇治十帖の表現と作者」という卒業論文を完成させなくてはならない。正篇との文体の変化を生み出したのは、何なのか。「表現と作者」の関係性というか距離感に変化があったのではないか、と考えるようになった。その点を書き足せば、少しは卒業論文の体裁を保てるかもしれない。

そこで、必死に考えた。

宇治十帖には、八の宮を父親とする三人の娘が登場する。八の宮が北の方との間にもうけた大君と中の君の姉妹、そして、八の宮が認知しなかった浮舟の三人である。

八の宮は、死に臨んで「宇治の山里から離れるな」という遺言を、二人の娘に残した。

大君は、父の遺言を守り、宇治の地で死去した。

中の君は、父の遺言に背き、都に出て、匂宮と結婚した。

浮舟は、八の宮の遺言を知らずに、生きた。

この三人のヒロインの描き方、つまり三人を描く文体は、正篇におけるヒロインたちの描き方とかなり違っている。

正篇では、登場人物たちの行動（不作為を含む）や考え方に対して、読者が「違和感」を抱く場合がある。先ほど私は、次のような文章を書いた。

> ところが、作中世界を我《わ》が事《こと》として体験することで、読者は、大いなる疑問の種を抱き始める。光源氏は、なぜ、末摘花をこんなにも愚弄できるのだろうか。末摘花は、なぜ、光源氏の失礼な発言に反撃しないのだろうか。
>
> 光源氏は、なぜ紫の上の絶望の核心を、理解できないのだろうか。

この「疑問」は、宇治十帖の読者が感じる印象と、微妙に違う。

宇治十帖の場合には、読者は「もどかしさ」を感じる、と言った方が正確だろう。

たとえば、総角《あげまき》巻の大君は、父の遺言があったとはいえ、なぜ、三度も、薫の求愛を拒んだのだろうか。薫のみならず、読者も、大君の恋愛否定、人間関係否定の理由がわからない。もどかしいばかりである。

読者の感じる「もどかしさ」の例を、もう一つ挙げよう。浮舟は、夢浮橋《ゆめのうきはし》巻の巻末で、泣いている。泣いていても、何の役にも立たない。還俗《げんぞく》を勧める横川《よかわ》の僧都《そうず》に対して、何かを言わないことには、浮舟は、これから先の人生を一歩も先に進めない。薫に向かって直接、何かを言わなければ、浮舟の人生は、そこで終わってしまう。なのに、黙っている。泣いているだけ。なぜ、意思表示できないのか。浮舟には、「生きたい」という気持ちが皆無なのか。

読者の感じるヒロインたちへの「もどかしさ」は、読者が彼女たちに感情移入したとしても、「共感」することを、不可能にしている。

ならば、作者にとっては、三人のヒロインたちは、どのように意識されていたのだろうか。卒業論文を書いた当時、私は次のように考えた。

四十五年前の未熟な論文だが、恥ずかしいことに、今も、基本的な考えには変更がない。正篇は、男性である光源氏が物語の中心だった。光源氏の恋愛の対象として、あまたの女性たちがいた。光源氏を愛して関係した女性もいる（朧月夜など）。光源氏を愛しているからこそ関係することを拒む女性もいた（朝顔の斎院など）。光源氏から、憐憫《れんびん》の情をかけられ、庇護される女性もいた（末摘花など）。また、光源氏の手に負えない、恐るべき女性もいた（六条御息所）。

彼女たちの存在意義は、明瞭と言えば明瞭である。「光源氏の人生を豊かにする存在」である。一人一人の女君たちが、かけがえのない存在であり、それらの女性全員を愛し、包含した光源氏という男性の「偉大さ」が、浮かび上がる。

だが、女たちは、全員が苦しんでいた。女たちを幸福にできず、不幸にした光源氏への信頼感が、揺らぎ出す。そして、光源氏は退場した。

続篇の宇治十帖が始まった時、「八の宮」という人物を、作者は登場させた。彼は、男性の弱さを最初から露呈させていた。正篇における光源氏の失墜を、宇治十帖の八の宮は受け継いでいる。

大君は、八の宮の言葉を信じ、男性の言葉に束縛され、不幸な死を迎える。これは、正篇が終了した時点の紫式部本人の精神状況ではなかったか。紫式部は、大君の不毛な死を書くことで、絶対的な男性を中心とする正篇の執筆が不毛であったことを再確認した。大君の死は、正篇を執筆していた「物語作者＝紫式部」の死だった。

ならば、父の言葉から逃れ、束縛を断ち切った中の君の生き方は、紫式部が「新しい物語作者」として再生する道のりの第一歩ではなかったか。

父から認知されなかった浮舟は、父の言葉からは自由に生きる。そして、大君と酷似する容貌でありながら、薫・匂宮との三角関係に巻き込まれ、大君とは対照的に過剰な恋愛(三角関係)を体験する。これもまた、紫式部の再生の第二段階なのではないだろうか。

さらに、出家した浮舟の「これから」(遂に書かれなかったのだけれども)が、紫式部の再生への第三ステップだ、ということになる。

女性である紫式部は、正篇を執筆する際に、「光源氏＝光る君」という男性主人公を物語創作の支柱とした。そのために、「美しい物語」「正しい物語」「楽しい物語」の創作に失敗した。宇治十帖では、大君、中の君、浮舟、さらには、入水後に蘇生した浮舟というように、さまざまな女たちの生き方を通して、作者である自分自身の女性としての生き方が模索された。

だが、その道のりは、困難をきわめる。物語は、正篇の光源氏のように超越的な資質を持ったヒーローを登場させ、彼に多くの女性たちを愛させるほうが、圧倒的に書きやすいからである。

新しい物語は、難航する。それが、大君・中の君・浮舟に対して読者が感じる「もどかしさ」となったのではないか。

このようなことを、半世紀前の卒業論文で書いた。作者は、宇治十帖の女君たちに、自分自身の分身を見ている。それは、正篇の明石の君の「謙譲の美徳」に、紫式部本人の性格が反映している、というようなレベルとは、大きく違っている。

作者は、物語の中に入り込んでいる。その試行錯誤が、作者の「必死さ」を読者に肌で感じさせる。その必死さ、あるいは物語創作にかける作者の気合いが、読者にも伝わる。作者と表現の距離が、正篇よりも近づいている。その結果、読者をして、宇治十帖の文章を速く読まずにはおかなくさせるのではないか。

紫式部の「新しい物語」の創作は難渋した。たとえば、浮舟巻で、匂宮と浮舟が舟に乗って対岸の小屋に移動する場面は、正篇の夕顔巻で、光源氏と夕顔が「なにがしの廃院」に移動する場面と、どこが違うのか。

夢浮橋巻で、薫が浮舟の弟を「文使い」にして浮舟に手紙を届けさせるのは、正篇の帚木巻や空蟬巻で、光源氏が空蟬の弟を「文使い」にして空蟬に手紙を届けさせるのと、どこが違うのか。

宇治十帖の新しさは、どこにあるのか。確実に言えるのは、「光源氏がここにはもう存在しない」ということである。

宇治十帖の扉を、ここに開く

人は、なぜ、『源氏物語』に引きつけられるのでしょうか。そして、なぜ、宇治十帖は、速く読めてしまう文体なのでしょうか。

その答えを求めて、宇治十帖の扉を、これから開きます。

扉の向こうでは、紫式部の肉声が聞こえるかもしれません。紫式部が求めてやまなかった「幸福の正体」を、作者と一緒に探してみませんか。

作者が成り代わっている大君、中の君、浮舟たちと一緒に。

開け、ごま!

開け、新しい物語の扉！
ようこそ、宇治十帖の世界へ。

【凡例】

一、「名場面でつづる『源氏物語』」というコンセプトのもと、『源氏物語』五十四帖の中から屈指の名場面を厳選し、それらの名場面が、中世・近世・近代と、人々にどのように読まれてきたかを探った。

一、作者の紫式部が『源氏物語』を執筆した当初には、和歌の「掛詞」を除いては、一つの文章には一つの意味しか存在しなかったと思われる。ただし、本文が繰り返し、人間の手で書き写される過程で、本文は乱れ、「オリジナルな原文」を復元できなくなり、解釈の困難な箇所が出現した。

また、異なる社会体制と異なる価値観が出現した中世・近世・近代では、人々が『源氏物語』に求める「主題」も変化した。その結果、場面の位置づけや、個々の文章の解釈が分かれた、という側面もある。

このような複数の「読み」の堆積を、そのまま残した貴重な文化遺跡が、北村季吟の『湖月抄』（延宝元年＝一六七三年成立）である。

一、本書で用いる『源氏物語』の本文は、「流布本」として、近世以降、明治・大正に至るまで、『源氏物語』を読む人々が必ず目を通した『湖月抄』の本文である。

翻刻に際しては、著者の架蔵する版本を用いた。また、『北村季吟古註釈集成』（新典社）に影印されている『源氏物語湖月鈔』（全十一冊）も参看した。

一、本書では、『湖月抄』の本文と傍注を翻刻したが、傍注に記された説の出典を示す書目名称は、紙面の都合上省略した。

一、本文と傍注は、『湖月抄』の表記そのままではなく、仮名づかいは、現在の時点で正しいとされている「歴史的仮名づかい」に改めた。また、適宜、漢字を平仮名に、平仮名を漢字に改め、ルビを振り、送り仮名を加えた。

一、『湖月抄』の［本文＋傍注］のあとに掲げた［湖月訳］は、『湖月抄』の本文と傍注だけではなく、『湖月抄』の「頭注」に書かれている内容も加味してある。［湖月訳］の中に、直前の［本文＋傍注］からだけでは導き出されない訳文があれば、そこが「頭注」を加味した部分である。

頭注によって加味した部分を［　］などで囲み、視覚的に明瞭にすることも考えたが、文章の中にも細かく入り込んでいるために、不可能であった。

一、［湖月訳］のあとに記した［宣長説］は、本居宣長の『玉の小櫛』（寛政八年＝一七九六年成立）に記されている説である。また、宣長が膨大な書き込みを加えた『湖月抄』が、松阪市の本居宣長記念館に所蔵されているが、それも絶えず参看した。

［宣長説］においては、『湖月抄』と『玉の小櫛』の解釈の違いを浮き立たせるように工夫した。

一、［評］は、『湖月抄』と宣長説の対立に関する私見と、『源氏物語』の当該場面に関する私見を述べた。

一、『源氏物語』の素晴らしさは、いつの時代の読者にも、新鮮な感動を与え、生きる喜びを与えてくれたことにある。それに加えて、混迷する社会情勢の中で、文明の進むべき道筋を提示してくれた。二十一世紀の『源氏物語』にも新しい主題解釈が可能であるし、それを模索することの大切さを、『源氏物語』の読まれ方の歴史は教えている。本書が、その一助になれば幸いである。

湖月訳 源氏物語の世界 V

42 匂兵部卿《におうひょうぶきょう》巻を読む

「匂兵部卿《におうひょうぶきょう》」巻が本来のタイトルであったが、後には「匂宮《におうみや》」巻と略称されるようになった。『湖月抄』でも、「匂宮」巻とある。なお、「薫大将《かおるだいしょう》」巻という別名もあったとされる。

『源氏物語』を三部構成で把握する場合には、この巻から第三部に入る。光源氏が主人公である「正篇《せいへん》」と、その後の世代の物語である「続篇《ぞくへん》」とに二分する際には、この巻が「続篇」の始まりとなる。

ただし、「匂兵部卿」「紅梅《こうばい》」「竹河《たけかわ》」の三巻は、「匂宮三帖」と呼ばれ、宇治を舞台とする「宇治十帖」とは区別されている。

なお、『源氏物語』の「続篇」には、作者が紫式部ではないとする見解が、伝承も含めて、古くから存在する。特に、「匂宮三帖」は、成立論的な観点や文体論から、紫式部の執筆を疑う説がかなり存在する。

ただし、ここでは、『湖月抄』の配列通りに、「匂宮三帖」を含めて『源氏物語』五十四帖を通読し、五十四帖で一つの作品として鑑賞してゆきたい。

42―1　巻名の由来、年立、この巻の内容

巻名は、詞《ことば》（散文）に基づく。「例の、世の人は、にほふ兵部卿、かをる中将と、聞きにくく言ひつづけて」とある。

この巻から、物語世界の年譜である「年立《としだて》」は、薫の年齢を基準としている。江戸時代に契沖や本居宣長が確定した「歴史的仮名づかい」では、「薫」は「かをる」である。ただし、それ以前に通用していた「定家仮名づかい」では、「かほる」である。『湖月抄』でも「かほる」であるが、本書の仮名づかいは、契沖・宣長たちが確立した「歴史的仮名づかい」を採用しているので、「かをる」と表記する。

匂兵部卿巻は、薫の十四歳から二十歳の春までということで、『湖月抄』と宣長説で一

致している。

なお、幻巻の終了時点で、薫は五歳、匂宮は一歳年長の六歳だった。幻巻と匂兵部卿巻の間には、正味八年の空白が設定されている。

なお、匂宮三帖で語られる内容は、「45　橋姫巻」から始まる宇治十帖と並行している。薫や匂宮が、宇治で姫君たちと恋愛をしている時にも、都では、別の華やかな世界が薫と匂宮にはあった。

この巻では、光源氏亡き後の、人々の動静が語られる。

42―2　光源氏を継ぐべき二人の貴公子……薫と匂宮の紹介

［『湖月抄』の本文と傍注］

光《ひかり》隠れ給ひにし後《のち》、かの御影《みかげ》に立ち継《つ》ぎ給ふべき人、そこ（夕霧の御）

末也　明石中宮の御腹の宮々も詞の中に含めり
らの御末々にありがたかりけり。下《お》り居《ゐ》の帝《みかど》を掛《か》け奉らんは、
匂宮也　源氏の御孫明石中宮腹
忝《かたじけな》し。当代の三の宮、
六条院をいふ　匂も薫も一所に養育といふ也
その同じ殿《おとど》にて生《お》ひ出《い》で給ひし宮の
女三宮御腹の薫也
若君と、この二所《ふたところ》なん、とりどりに清らなる御名《な》取り給ひて、
抜群の人にはあらずと也
げに、いとなべてならぬ御ありさまなンめれど、いとまばゆき際《きは》にはおはせざるべし。
ただ、世の常の人様《ひとざま》に、めでたく、あてに、艶《なまめ》かしくおはするを本《もと》として、さる御なからひに、人の思ひ聞こえたるもてなし、ありさまも、いにしへの御響《ひび》き、気配《けはひ》よりも、やや立
まづは人の覚えからにもいつくしきと也
ち勝《まさ》り給へる、覚えからなん、かたへは、こよなう、いつく

しかりける。

［湖月訳］

世間の人々から「光る源氏」とか「光る君」などと呼ばれ、憧れと尊敬を一身に集めておられた方は、幻巻のあと、嵯峨の寺院に隠棲なさり、それから二、三年ほどしてお隠れになりました。輝かしい満月が雲に隠れたかのように、世の中は寂しくなりました。光る君の美しかった姿、すべての面で抜きん出ておられた才芸、誰にでも優しく接された人柄、また多くの人々を正しく導かれた指導力などを、受け継げる人など、誰もいません。

光る君の長男である夕霧の子どもたちや、光る君の娘である明石の中宮がお生みになった宮様たちを見回しても、見つかりません。上皇である冷泉院を、光る君の子孫の一人に加えて論評するのは、世間の秘密ですので、差し控えます。

今上陛下の第三皇子で、明石の中宮がお生みになった、つまり光る君の孫に当たる匂宮と、匂宮と同じく六条院で、朱雀院の第三皇女を母親として生まれ、ご一緒に育てられた薫。このお二人が、それぞれに美しいという評判をお取りになっていて、なるほど、世間の評価が高いのも納得できる、素晴らしいご様子であるようです。けれども、光る君のように超絶している、というわけではないように、語り手である私には思われます。私は、光る君のお姿を知っていますので。

けれども、匂宮と薫のお二人は、世間に多い普通の人々と比べた場合には、素晴らしく、気品があり、優雅でいらっしゃいます。

何と言っても、匂宮は、今上帝が父親、明石の中宮が母親という血筋です。薫は、父親は光る君、母親は女三の宮、そして冷泉院の養子というお立場です。このような血筋ゆえに、世間の人々は過大評価をしがちですので、不思議なことではありますが、光る君が、かつて幼くていらっしゃった頃の世間の評価や待遇よりも、なぜか、現在の匂宮と薫のほうが勝《まさ》っているのです。世間の人は、光る君に対して抱いていた気持ちを、そのまま匂宮と薫に投影し、まことに素晴らしいお方である、と思っているのでした。

[宣長説]

特になし。

ただし、「げに、いとなべてならぬ御ありさまなンめれど」の部分に、「ありさまど。

もなれど」という異文があることを、所持している『湖月抄』に書き入れている。

［評］　宇治十帖は、薫の年齢を基準として「年立《としだて》」が作られる。ただし、薫と匂宮が、匹敵する関係だとされるのは、光源氏と頭中将がライバルであったこととは少し異なっている。匂宮には、将来、即位する可能性もあり、人臣としての最高位（太政大臣）で、天皇を輔佐《ほさ》するであろう薫とは、立場が異なっている。

少しばかり、光源氏没後の人々の動静を、記しておこう。匂宮も薫も、六条院を離れている。

匂宮は、紫の上から譲られた二条院に住んでいる。六条院の夏の町に住んでいた花散里《はなちるさと》は二条東院を相続して、そこに住んでいる。そのあとの六条院の夏の町には、夕霧の妻となった落葉の宮が住んでいる。女三の宮と薫は、朱雀院から相続した三条宮に住んでいる。

42―3　出生の秘密を察知している薫……親の罪の相続

薫の最初の歌が記される場面である。聡明な薫は、自分が光源氏の子どもではないことに、うすうす気づいている。

［『湖月抄』の本文と傍注］

幼心地《をさなごこち》に、ほの聞き給ひしこと〔柏木の事也　実父は柏木と内々人の知らせ申しけるにや〕の、折々《をりをり》いぶかしう、おぼつかなく思ひ渡れど、問ふべき人もなし。宮には〔女三宮には薫の此の事、え問ひ給はず〕、ことの気《け》色《しき》にても〔との心也〕、「知りけり」とおぼされん、傍《かたは》ら痛《いた》き筋《すぢ》なれば、世《よ》と共《とも》の心に掛けて、「いかなりけることにかは。何《なに》の契《ちぎ》りにて、かう、やすからぬ思ひ添《そ》ひたる身にしも成《な》り出《い》でけん。ぜん《青表紙》げう《せんげう》太子の《当流の本、此の如し》、我が身に問ひけん悟り《此のさとり仏法の覚りにあらず》をも得てしがな《物をわきまへさとる》」とぞ、ひとりごたれ《智恵を云ふ也》給ひける。

おぼつかな《薫》誰《たれ》に問はましいかにしてはじめもはても知らぬ我が身ぞ

答《いら》ふべき人もなし。ことにふれて、我《わ》が身《み》につながある心地《ここち》するも、ただならず、物嘆かしくのみ、思ひめぐらしつつ、「宮《女三宮なり》も、かく《薫心也》、盛りの御かたちを窶《やつ》し給ひて、何《なに》ばかりの御道心《だうしん》にてか、にはかに赴《おもむ》き《仏道に也》給ひけん。かく、思はずなりけることの乱れに、必ず、憂《う》しとおぼしなる節《ふし》ありけん。人も、まさに漏《も》り出《い》で知らじやは。なほ、つつむべきことの聞こえにより、我には気色《けしき》を知らする人のなきなンめり」と思ふ。

其の乱れに世をうんじて尼になり給ふにやと也

此の事の子細

もり出でて知る人もあるべしと也

子細しる人も包むべき事の故に薫に隠すよと也

［湖月訳］

薫は、幼い頃から、身近に仕えている女房たちのひそひそ話をほの聞いていて、ずっと心にわだかまっている疑問があった。それは、柏木と女三の宮の関係についての話だったのだが、その内容が時折、不審に思われ、はっきりした事実を知りたいという気持ちが、薫には何度もこみ上げてきた。けれども、その疑問を尋ねる相手など、誰一人としていない。薫は、母君である女三の宮には、ほんの少しでも、自分が出生の秘密に関して、いぶかしく思っているなどと気づかれたら心苦しいことなので、何も気づかないふりを通している。

薫は、絶えず、「自分は、どういうふうにして、この世に生まれてきたのだろう。前世からの、どういう因縁があって、現世では、このように、苦しい悩みがずっと離れない人間になってしまったのだろう。仏典では、善巧太子《ぜんぎょう》という人は、自分の出生について悩んだけれども、他人にではなく自分自身に尋ねることで悟りを得たと伝えられている。そういう悟りを、自分も得たいものだ」などと、独り言《ひとりごと》を口にされるのだった。

この「善巧太子《ぜんぎょう》」とは、釈迦の子である「羅睺羅《らごら》」尊者のことである。釈迦の妻の「耶輸陀羅《やしゅだら》」は、夫が出家した時に、子どもをお腹《なか》に宿していた。ところが、釈迦が出家後に六年間も悟りを求めて苦行していたので、妻である耶輸陀羅の懐妊の苦しみも、六年間続いた。そのため、釈迦が出家してから六年後に生まれた羅睺羅の父親が誰であるか、世間の人々は疑った。疑われた耶輸陀羅は、我が子を火に投じたが、焼けなかったので、羅睺羅が釈迦の本当の子どもであることが証明された。羅睺羅は、誰にも問わず、自分の心の中だけで考えて、自分が釈迦の子であることを悟った、とも言われる。羅睺羅の別名が、「瞿夷《くい》」太子である。

その羅睺羅のように、自分の父親について確かな事実を知りたいと、薫は願っていたのである。薫が、自分の心に問いかけた歌がある。

おぼつかな誰《たれ》に問はましいかにしてはじめもはても知らぬ我が身ぞ

（私の父親が光る君かと思えば、そうでもないようなので、自分の人生の始まりを、知らないでいる。また、うすうす噂されているように、私の本当の父親が、誰か別人——柏木——だと思えば、光る君の子であるゆえの高い評価を失ってしまうので、人生の先行きがどうなるかもわからないでいる。ああ、困ったことだ。）

この歌は、さらに深い仏教の教えを詠んでいるとも考えられる。輪廻転生《りんねてんしょう》を繰り返す人間の生死は、「無始無終」である。薫の父親が誰であるかを確定できないのは、まさに「無始」ということである。薫だけでなく、すべての人間が「無始」なのである。

薫は、「誰に問はまし」と歌いましたが、たとえ誰かに問いかけたとしても、答えてくれる人などいなかったことでしょう。それほど、柏木と女三の宮との密通は秘密でしたし、「人間はどこから来て、どこへ行くのか」という哲学的な問いかけには、答えなどないのですから。

常に、出生についての疑問が頭から離れない薫は、「恙《つつが》という虫は、人の心臓を食うという話だが、その恙虫《つつがむし》が自分の体に取り憑《つ》いているようだ」と思うと、心が憂いに占められるだけでなく、体の調子までがおかしく感じられるのだった。

薫が心の中でいろいろ考えて、得た結論がある。「母親の女三の宮は、三十歳代のなかばで、まだ盛りと言ってもよいお歳《とし》であるのに、なぜか尼姿をしておられる。どれほどの深い道心があって、出家されたのだろうか。けれども、それほど深い宗教心がおありになるとは、私が傍《そば》で見ていても思われない。私がそれとなく推測しているような、男女関係の過《あやま》ちがあり、そのごたごたで、女として生き続けることを『辛《つら》い』と身に沁《し》みてお感じになることがあったのだろうか。そのあたりの事情を漏れ聞いて、知っている人もいないはずはない。いや、何人もいるだろう。ただし、女三の宮は光る君の正妻のお立場であったがゆえに、深い事情を知っていても、自分にまで教えてくれる人がいないのだろう」と、薫は思うのだった。

［宣長説］

「善巧太子」に関して、『湖月抄』は「羅睺羅」のことだとするが、違うのではないか。出生の疑問を「我が身に問いかけた」人物の故事を、羅睺羅とは別に捜すべきである。それがわかると、「せんげう」「ぜんげう」「くい」などという本文の違いも、どれが正しいか、解決できるだろう。

「おぼつかな」という歌の第四句「はじめもはても」は、必ずや善巧太子の事績と関わるはずである。また、『湖月抄』が、「無始無終」などという仏教の教義を尤もらしく説いているのは、無用のことである。

［評］『多武峰少将物語《とうのみねしょうしょうものがたり》』に、「いづくにもかくあさましき憂《う》き世《よ》かはあなおぼつかな誰《たれ》に問はまし」という類歌がある。

江戸時代後期の木下幸文《たかふみ》にも、「おぼつかな誰《たれ》に問はまし朝顔はきのふや咲きしけふや初花《はつはな》」という歌がある。

北海道（蝦夷地）探検で知られる松浦武四郎は、全国の由緒ある神社仏閣から古材を集め、一畳の書斎を増築した際に、壁に、次のように書きつけたという。

この一筆も、おぼつかな誰に問ひましいかにしてはじめもはてもしれぬ我が身を。

薫の歌は広く知られており、彼の最初の歌にして代表作になっている。

宣長は、「薫の歌は、仏教の教義とは無関係である」と言うが、空海の、「生まれ生まれ生まれ生まれて生の始めに暗く、死に死に死に死んで死の終りに冥《くら》し」という言葉を連想させるものがある。

なお、耶輸陀羅《やしゅだら》は、羅睺羅《らごら》の父親が釈迦であることを証明するために、我が子を火の中に投じたとある。これは、『古事記』で、コノハナノサクヤビメが「一夜孕み」で身ごもった子どもたちの父親が「ニニギノミコト」であることを証明するために、火の中で出産した、とある箇所と響き合っている。

42―4　光源氏、匂宮、薫……三人のヒーローの違い

薫には、生まれながらにして芳香が身についていた。匂宮も、薫への対抗意識から、人工的な薫物《たきもの》を用いて、香りを身に染《し》めていた。

その二人を、人々は光源氏の後継者として並び称した。

［『湖月抄』の本文と傍注］

かかるほどに、「少しなよび、やはらぎすぎて、《匂宮は艶に好色すぎたると世間の人のいふ也》好《す》きたる方《かた》に引かれ給へり」と、世の人は、思ひ聞こえたり。昔の源氏は、すべて、かく、立てて、そのことと、様《やう》変《か》はり、染《し》み給へる方《かた》ぞなかりしかし。

源中将《げんちゆうじやう》、《かをる、匂宮へ参り給ふ也》この宮には常に参りつつ、遊びなどにも、きしろふ物《もの》の音《ね》を吹き立て、げに、挑《いど》ましくも、若き同士《どち》、思ひかはし給ひつべき人の様《さま》になん。

例の、世の人は、にほふ兵部卿、かをる中将と、聞きにくく言ひつづけて、その頃、よき娘おはする、やうごとなき《御本此の如し　イやむごとなき》所々《ところどころ》は、心ときめきに、聞こえごちなどし給ふもあれば、宮《匂也》は、さまざまに、をかしうもありぬべきわたりをば、のたまひ寄りて、人の御気配《けはひ》、ありさまをも、気色《けしき》取り給ふ。

［湖月訳］

匂宮は、このようなお方だったので、世間の人々は、「いささか優美で、恋愛に熱心で、好色な方面に偏《かたよ》っていらっしゃる」と、評判し合っています。昔、一世を風靡した光る君は、このように、一つの方面のことにばかり、常軌を越えてまで関心を向けることは、まったくなかったのですよ。

あの光る君の生きておられた頃のことを「昔」と呼ぶのは、時の流れがあまりにも速く、感慨を催さずにはいられません。それにしても、あまりにも人目に立つほどに、色恋であれ、何であれ、一つのことばかりに目を向けるのは、よくないことなのですよ。

さて、源中将《げんちゅうじょう》、つまり、薫は、匂宮がお住まいの二条院に、足しげく通っている。音楽の催しがあれば、お互いに競い合って、笛の音を響かせ合っている。まことに、二人は好敵手であり、お互いを認め合って、仲良くお付き合いをなさる間柄なのである。

話題好きな世間の人々は、この二人を、「匂ふ兵部卿、薫る中将」などと対照し、大袈《おおげ》裟《さ》に囃《はや》し立てている。その頃、ちょうど適齢期を迎えている娘のいらっしゃる、しかるべき家柄のお歴々は、二人のどちらかを婿に迎えたいと期待しては、その意向を伝えて打診したりしている。

そこで、匂宮は、あの家この家と、美しい娘がいそうなあたりには手紙などを贈ったりして、姫君たちの人柄や容貌などを、熱心に探っておられるのだった。

［宣長説］

特になし。

［評］ このあと、宇治十帖では、宇治に住む姫君と、薫や匂宮との恋愛が語られることになる。それと同時進行して、都では、薫や匂宮（特に匂宮）の華や

かな恋愛が繰り広げられていたのである。

橋姫巻から始まる宇治十帖を読む際に、この視点を忘れないようにしたい。大君や中の君にとっては、薫や匂宮との恋愛が彼女たちの人生のすべてであった。けれども、男たちには別の広い世界があったのである。

43 紅梅《こうばい》巻を読む

匂兵部卿巻は、光源氏の子孫を中心に語られていた。この紅梅巻では、致仕《ちじ》の大臣《おとど》(頭中将)の子孫のことが語られる。大臣も、長男の柏木も死去しているので、次男の按察《あぜち》大納言(紅梅大納言)が、一族(一門)を率《ひき》いている。北の方は、真木柱《まきばしら》である。

大納言は、繁栄を極めている。亡兄・柏木の死が、一族に幸運をもたらしたのだろうか。逆に、柏木が存命だったとすれば、源氏である夕霧と、藤原氏の雄である柏木との「政権抗争」は、どのように決着したのだろうか。

隆盛を極める紅梅大納言ではあるが、その彼を以てしても、匂宮を婿に取りたいという願いは実現が困難なようである。

43──1　巻名の由来、年立、この巻の内容

匂兵部卿巻の「並《なら》びの二」である。

紅梅巻は、問題の多い巻である。巻の順序としては、「匂兵部卿」「紅梅」「竹河」なのだが、描かれている時間で見れば、紅梅巻は、竹河巻よりも後の時代である。このことは、『湖月抄』でも議論されている。けれども、紅梅巻と竹河巻の年紀については、「紀明、入《い》るべからず」として、正確な年立は断念している。紅梅巻は、薫が二十一、二十二歳のこととするのが、『湖月抄』の結論である。

論理的な本居宣長は、きちんとした「年立」を作成して、紅梅巻と竹河巻とが扱っている時間の前後関係を詳論している。現在は、宣長説に従って、紅梅巻は薫が二十四歳の春のこととしている。

ただし、本居宣長も、匂宮三帖の「配列順序」に関しては、修正案を出していない。現在の五十四帖の順序で読むのは、『源氏物語』を読む大前提である。むろん、読者が、現在の巻の配列順序で読んで大いなる疑問を感じたら、それを突破口として自分なりの『源

氏物語』論が構築できるだろう。

43―2　紅梅大納言の光源氏追慕と、匂宮への接近……物語の世代交代

巻のタイトルの由来となった箇所を読もう。詞《ことば》（散文）の中に、「紅梅」という語が見られる。紅梅大納言が、息子の大夫《たいふ》の君《きみ》に、匂宮への伝言を依頼する場面である。

鬚黒が玉鬘と結ばれたために、鬚黒の娘の真木柱は、母（式部卿の宮の娘）の実家に戻った。その後、螢兵部卿の宮と結ばれて娘を生んだが、今は、紅梅大納言と再婚している。二人の間には、若君が生まれている。読者は、「大夫《たいふ》の君《きみ》」という名前を、彼に与えている。

［『湖月抄』の本文と傍注］

この東《ひんがし》の端《つま》に、軒《のき》近き紅梅《こうばい》の、いとおもしろく匂ひたるを見
巻の名となれり

給ひて、「御前《おまへ》《宮の御方の御前也》の花、心ばへありて《紅梅の詞也》見ゆめり。兵部卿の宮《匂宮也》、内《うち》におはすなり。一枝《ひとえだ》折りて、参《まゐ》れ。知る人ぞ知る」とて、「あはれ、ひかる源氏の《昔の事をいひ出だし給ふ也》、いはゆる御盛《さか》りの大将《だいしやう》などにおはせし頃、童《わらは》にて、かやうにて交《ま》じらひ馴れ聞こえしこそ、世《よ》と共に、恋しう侍《はべ》れ。この宮たち《今上の宮達　源の御孫宮也》を、世の人も、いと殊《こと》に思ひ聞こえ、げに、『人に愛《め》でられん』と、成《な》り給へる御ありさまなれども、端《はし》が端《はし》にも覚え給はぬは、なほ、『類《たぐ》ひあらじ』《源をめでたしと思ひしみたる思ひなしに》と《やと也》、思ひ聞こえし心の做《な》し《思ひなし也》にやありけん。大方《おほかた》にて、思ひ出《い》で奉るも、胸《にイ》あく世なく悲しきを、気近《けぢか》き人《源に近き人也》の、後《おく》れ奉りて《紅梅の時々交らひしだに》、生きめぐらふは（世とともに恋しきにと也）、おぼろけの命長さならじかし、とこそおぼえ侍れ」など、聞こえ出《い》で給ひても、ものあはれに、すごく思ひめぐらし、しをれ給ふ。

ついでの忍《しの》びがたきにや、花折《を》らせて、急ぎ、参らせ給ふ。

「いかがはせん。昔の恋しき形見《かたみ》には、この宮（匂宮也）ばかりこそは。仏《ほとけ》の隠れ給ひにけん御名残《なごり》には、阿難《あなん》が光放《はな》ちけんを、ふたたび出《い》で給へるかと疑ふ、賢《さか》しき聖《ひじり》（羅漢尊者の事也）のありけるを。闇に惑ふ（源をしたふ心の）晴《は》るけ所《どころ》（やみを匂宮にて晴らさんとの心也）に、聞こえおかさんかし（申しおかして見るべきと也）」とて、

心（紅梅）ありて風の匂はす園《その》の梅にまづ鶯《うぐひす》の訪《と》はずやあるべき

と、紅《くれなゐ》の紙にわかやぎ《かにイ》書きて、この君の懐紙《ふところがみ》に取りまぜ、押したたみて、出《い》だし立て給ふを、幼き心に《若君の心也》、「いと馴れ聞《匂宮に馴れ》こえまほし《まほしき由也》」と思へば、急ぎ、参り給ひぬ。

［湖月訳］

紅梅大納言は、寝殿の東の端《はし》の軒近くに、紅梅の花が美しく咲き、芳しい薫りを放っているのを御覧になる。「童殿上《わらわてんじょう》」をしているので、これから宮中へ向かおうとしている大《たい》夫《ふ》の君に向かって、「良いことを思い付いた」と言わんばかりに、次のようにお命じになる。「この庭先で咲き匂っている紅梅の花は、とても素晴らしい。是非とも、この花の美しさを理解できるお方に、お見せしたいものだ。そうそう、今の時間帯は、匂宮が、宮中に参内していらっしゃるそうだ。我が屋敷の庭の紅梅を一枝折り取って、宮中に持参し、匂宮にお見せしなさい。『君ならで誰《たれ》にか見せん梅の花色をも香《か》をも知る人ぞ知る』（『古今和歌集』紀友則《とものり》)という歌の通りだ」とおっしゃる。

そのついでに、大納言は、自分が幼かった頃の思い出をお話しになる。

「これから、そなたは、童殿上をしている宮中で、匂宮とお話しする機会を得るわけだ。かく言う私も、幼かった頃に、童殿上をしていた時期があった。ああ、今思い出しても、懐かしい。

『光る君』と仰《あお》ぎ見られていらっしゃった、今は亡《な》きお方が、まだ青春まっただ中の『大《だい》将《しょう》』などと呼ばれていた頃に、今のそなたと匂宮のように、光る君のお側《そば》近くでお話をしたりして、親しくさせていただいたことが、今もなお、懐かしい思い出として、私の心に生きている。かつて、私が催馬楽《さいばら》の「高砂《たかさご》」を歌って、光る君から絶賛されたことは、私の一生の誉《ほま》れなのだよ(賢木《さかき》巻)。

光る君の孫に当たる、今上帝《きんじょうてい》の宮様方《がた》は、世間からも、特別なお方たちだと高く評価されていらっしゃる。また、私の目から見ても、『なるほど、確かに、この宮様方は、世間から称賛されるだけの素晴らしさをお持ちである』と思われる方々ではいらっしゃる。それでも、このお方たちをもってしても、あの光る君と比較するならば、まったくお話にならないと思えてしまうのだ。やはり、『光る君は、空前絶後の卓越したお方だ』と、身に沁《し》みて感動した幼い頃の心が、今でも残っているからなのだろうかね。私のように、ほんの少しだけ、偶《たま》にお逢いしただけでも、こんなに胸が締めつけられるほど懐かしいのに、まして、直接に、深く接した人々が、光る君の亡《な》き後に感じ続けている悲しさは、どんなにか大きいことだろう。さぞかし、生き残った自分の命の長さを、つらく思ってることだろうと、思いやられる。『命長ければ、恥多し』（『荘子』）という言葉の通りだ」などと、しみじみ述懐される。

大納言は、さまざまな思い出が脳裏をよぎり、心の底から懐旧の念がこみあげてきて、堪《こら》えきれないほどに悲しくなって、泣きそうな気持ちになられる。

光る君を忍ぶ気持ちがあまりにも大きかったのだろう、軒先で見事に咲き匂っている紅梅の枝を折り取らせて、大夫の君に持たせ、宮中の匂宮のもとへ向かわせられる。

「今はこの世の人ではない光る君を、いくらお慕いしてもどうしようもない。先ほど、今生きている宮様たちとは比較することもできない、と言ったばかりではあるが、昔の光る君を懐かしく思う形見としては、今ではもう、この匂宮くらいしか、おいでにならない。

昔、天竺でお釈迦様が入滅されたあとで、追慕する人が絶えなかった。ある時、弟子の阿難《あなん》尊者が法話をしている時に、奇瑞《きずい》が起こり光が放たれた、という。その姿を見た羅漢《らかん》尊者たちは、亡くなったはずのお釈迦様が再びこの世に現れなさったのかと錯覚したそうだ。光る君をお慕いする心の闇《やみ》を、今は、匂宮というお方の光で、何とか晴らしていただき、明るい気持ちになりたいものだ。ぜひ、匂宮に、お便りしようではないか」。

そう言って、大納言は、和歌を詠まれる。

心ありて風の匂はす園《その》の梅にまづ鶯《うぐひす》の訪《と》はずやあるべき

（我が園で咲いている見事な梅の花の香りを、風が運んできます。いかにも、梅の花を近くでじっくり愛《め》でてほしいと、思っているようです。「花の香《か》を風の便《たよ》りにたぐへてぞ鶯誘ふしるべにはやる」（『古今和歌集』紀友則）という歌があります。風の運んでくる梅の香りに誘われて、梅の花が心待ちにしている鶯が、まず最初に訪れることでしょう。我が家にも、中の君という妙齢の娘がおります。宮様のお越しを、心から待ち望んでおります。この歌が、宮様を呼び寄せる風の便りになればよいのですが。）

大納言は、若い匂宮の好奇心に訴えるような、色仕掛けの歌を詠み、紅梅の花の色に合わせて、紅《くれない》の紙にしたためた。文使いを務める大夫の君が懐に携帯している懐紙の中に、この歌を一緒に包んで、お持たせになる。正式の招待状のようにはせず、それとなく匂宮の来宅を要請するためである。手紙を受け取った大夫の君は、匂宮のお側《そば》近くへ寄ってゆく機会を得たので、幼な心にも大喜びで、いそいそと宮中に参内した。

[宣長説]

「ひかる源氏の、いはゆる御盛りの大将などにおはせし頃」という文章の「いはゆる」について、『湖月抄』には一言の説明もない。物語の主人公となるような貴顕が、どのような官職の進み方をしているのかを見てみると、源氏の大将だけでなく、夕霧の大将、薫の大将、さらには狭衣《さごろも》の大将というように、若く盛りの時には、皆「大将」なのである。だから、「いはゆる御盛りの大将」という本文になっているのである。

[評] 藤原道長の『御堂関白集』(『新編国歌大観』)に、娘である「内侍《ないし》の督《かん》の殿《との》」(藤原妍子《けんし》)との贈答がある。紅梅大納言の歌と類似している。

内侍の督の殿、久しう聞こえ給はで、御文《ふみ》ありけり

はねなれし花のはなれど鶯の声をも風のたよりにぞ聞く

御返り

驚かす声なかりせば鶯の花のあたりを訪《と》はずやあらまし

最初の歌は、意味が取りにくい。この歌は、中島広足《ひろたり》の『玉霰窓の小篠《たまあられまどのおざさ》』には、「はねふれし花の枝《え》なれど鶯の声をも風のたよりとぞ聞く」という本文で載っている。これだと、意味が通る。

44 竹河《たけかわ》巻を読む

匂兵部卿巻の「並《なら》びの二《に》」。「匂宮三帖」の結びである。

玉鬘が嫁《か》した鬚黒太政大臣の一家の後日譚が語られる。

玉鬘には二人の娘（大君、中の君）がいるが、大君は冷泉院へ、中の君は今上帝の尚侍《ないしのかみ》となる。夕霧の息子である「蔵人の少将」は、大君に求婚したものの、願いは叶わなかった。

大君と中の君が、庭で咲き誇る桜の所有権を賭けて囲碁を打ち、それを蔵人の少将が垣間見る場面は、国宝『源氏物語絵巻』にも描かれて、著名である。

44—1　巻名の由来、年立、この巻の内容

「竹河」という巻名は、歌と詞《ことば》の双方に見られる言葉から付けられた。そもそも、「竹河」は、催馬楽《さいばら》の曲名である。催馬楽の「竹河」を歌う場面で、「竹河」という言葉を含む和歌が詠まれている。

この巻も、長い時間にわたっている。『湖月抄』の年立では、薫の十四、五歳から、二十二歳までとする。本居宣長の年立では、薫の十四、五歳から、二十三歳まで。なお、宇治十帖における薫の年齢は、『湖月抄』と宣長で一歳違っている。そのため、竹河巻でも、二十二歳と二十三歳の相違となっているのである。

『湖月抄』は、「並びの巻」では、長い期間にわたる出来事が語られていることが多く、厳密な年立を作成する必要はない、とも述べている。妥当な見解だと思われる。

44—2　巻頭の草子地……「源氏の御族《ぞう》」に属さない老女の語り

『源氏物語』では、語り手のコメントである「草子地《そうしじ》」が、随所に存在している。帚木《ははきぎ》巻の冒頭なども、そうだった（「2—2」参照）。竹河巻の冒頭の草子地も、実に興味深い。

［『湖月抄』の本文と傍注］

これは、源氏の御族《ぞう》にも離れ給へりし、後《のち》の大殿《おほとの》わたりにあ
御孫也　玉かづらの内侍、源氏の御子にあらざる故也
前に見えたり

りける、悪御達《わるごだち》の落ち止《と》まり残れるが、問はず語りし置きた
悪後達　口わろなる女房也
其の語りしやうを今書き伝ふる心也

るは、紫のゆかりにも似ざンめれど、かの女どもの言ひける
是は上詞にいへるわるごだちの事也

は、「源氏の御末々《すゑずゑ》に、僻事《ひがこと》どもの交《ま》じりて聞こゆるは、我

よりも歳《とし》の数積《かずつ》もり、呆《ほ》けたりける人の、僻事にや」など、あやしがりける、いづれかは、まことならん。

［湖月訳］

これから、語り手である私がお話しするのは、光る君のご子孫ではない方々の物語です。「後《のち》の太政大臣《だいじょうだいじん》」と呼ばれた鬚黒《ひげくろ》の一族の物語なのです。具体的には、鬚黒の北の方である玉鬘《たまかずら》のことと考えて結構です。彼女は、光る君の「養女」の扱いですが、実の娘ではありません。けれども、ここでは、「玉鬘の子どもたちの物語」というふうに把握するのがよいでしょう。

鬚黒と玉鬘のお屋敷で長く務めてきた女房たちの中で、まことに口さがない者が長生きして、今も健在です。彼女は、自分の目で目撃した事実を、心ゆくまで私に語って聞かせてくれました。むろん、私のほうから、話しをねだったのではありませんで、彼女たちのほうから進んで、話しかけてきたのです。

玉鬘に仕えていた女房たちの話と違って、少し前に、匂兵部卿巻で私が書いたのは、紫の上に仕えていた女房たちから聞いた話でした。紫の上も、最初は光る君の「養女」のような扱いでしたが、後には北の方になりました。玉鬘は、最初は「養女」でしたが、後には光る君とは無関係になりました。ですから、二つの家に仕えていた女房たちの話す内容は、違っているように思います。

玉鬘に仕えていた口さがない女房たちに言わせますと、紫の上に繋がる女房たちの昔語りには、いろいろと道理に合わないことが交じっています。たとえば、冷泉帝は桐壺帝の皇子とされていますが、本当の父親は光る君です。玉鬘は、光る君の娘として六条院に迎えられましたが、本当の父親は内大臣（頭中将）でした。薫は、光る君の子どもとされていますが、本当の父親は柏木です。これらのことが、道理に合わない、「僻事《ひがこと》」なのです。

玉鬘の女房たちは、「紫の上にお仕えしていた女房たちの昔語りに、実際と違った内容が交じっているのは、おそらく、その話をした女房が、私よりも歳《とし》を取っていて、記憶力が定かでなくなり、とんでもない妄想を話しているのではないかと思います」などと、不思議がっています。

どちらの女房の話が、真実に近いのでしょうかね。それは、語り手である私、いや作者である私にもわかりかねます。

［宣長説］

この冒頭文の解釈を、『湖月抄』は、最初から最後まで誤っている。匂兵部卿巻で、光源氏の子孫である匂宮や薫のことが語られているのを受けて、この巻では鬚黒の子孫の物語が語られている。紫の上に仕えていた女房たちは、光源氏の子孫の物語を語ったのだが、それには記憶違いが交じっている。玉鬘に仕えていた女房たちは、自分たちの仕えていた鬚黒の子孫たちの物語を、「まこと」だと主張している。作者としては、紫の上の側の女房の語りも、玉鬘の側の女房の語りも、どちらも真偽は定かではないと思っている。ともあれ、ここに、書き記しておこう、という意味である。『湖月抄』が、冷泉院や薫の「真実の父」まで持ち出して解釈しているのは、大きな誤りである。

［評］『源氏物語』の話題提供者は、多岐にわたっている。「草子地」と呼ばれる語り手の一人称の語り手は、一人ではなく、何人もいるのである。

一人称の語りが、何人も並列的に積み重なったのが、『源氏物語』である。アイヌのユーカラには、一人称の語り手が、突然に、別人に交替することがある。何人も並列している「私」の一人称は、時代と共に、「三人称」の物語の文体に変容してゆく。それは、文学の進歩なのか。「語りの力」の喪失なのか。

44―3　玉鬘、薫を絶賛する……「めでくつがへる」

新年の挨拶に、薫が玉鬘邸を訪れた。玉鬘は、薫に好感を抱いている。女房たちに、薫を「まめ人《びと》」（真面目な男性）と呼び、称賛する。

そのあとの、玉鬘の心境を鑑賞しよう。

［『湖月抄』の本文と傍注］

「大臣《おとど》《夕霧の事也》は、ねび増《ま》さり給ふままに《玉かづらの詞》、故《こ》院に、いと良《よ》うこそお《としまさり給ふほど源氏に似給ふと也》ぼえ奉り給へれ。この君《薫也》は、似給へる所《ところ》も《似ぬこそ道理なれ》、見え給はぬを、気配《けはひ》のいとしめやかに、艶《なま》めいたるもてなしぞ、かの《源也》御若盛《わかざか》り、思ひやらるる。かうざまにぞ《源氏の事を思ひやり給ふ也》、おはしけんかし」など、思ひ出《い》で聞こえ給ひて、うちしほたれ給ふ。名残《なごり》さへ留《と》まり《薫の退出ののちまで也》たる香《かう》ばしさを、人々は愛《め》でくつがへる。

［湖月訳］

玉鬘は、薫の容姿や振る舞いを見るにつけ、今は亡き光る君の素晴らしさが思い出されてならない。

「亡き光る君の長男である夕霧の大臣《おとど》は、お歳《とし》を召されるにつれて、父君とそっくりになってゆかれます。同じ光る君のお子様とは言っても、この君――薫――は、なぜか父親の光る君と似ているところは、ほとんどありません。ただし、この君が漂わせている雰囲気は、まことに落ちついていて、優美です。私が六条院に迎えられて、光る君と初めてお逢いしたのは、光る君が三十四歳の頃でしたので、世間の人が、それはもう素晴らしかったと絶賛している、若かりし頃の光る君のお姿を、私は拝見することができませんでした。けれども、この薫君を見ていると、『光る君のお若い頃は、さぞかしこういうご様子だったのであろう』と、想像できるので、私は懐かしくたまらない気持ちになるのです」と思い、また、そのことを、口にして女房たちにお聞かせになる。玉鬘は、光る君を追慕する気持ちがこみ上げてきて、涙ぐんでいらっしゃる。

その薫が部屋を立ち去った後までも、彼の体が発していた芳香が、残り香となって漂っている。女房たちは、その素晴らしさを、感に堪《た》えたように繰り返し褒《ほ》めちぎるのだった。

［宣長説］

「めでくつがへる」という言葉を、『湖月抄』は、「感覆」という漢語に置き換え、再

三感動することだ、と説明しているが、違う。「めでくつがへる」の「かへる」は、

「消えかへる」や「沸《わ》きかへる」などの「かへる」と同じく、「ひどく……する」という意味であり、程度の甚《はなは》だしいことを強調する言葉である。

【評】「めでくつがへる」という珍しい動詞は、古典文学では、『大和物語』と、この竹河巻くらいにしか使われていない。にも関わらず、明治の文豪森鷗外は、「めでくつがへる」という言葉を四回も、『即興詩人』の中で用いている。しかも、そのうちの一例は、「感覆」という漢字で、「めでくつがへる」と読ませている。

鷗外は、明らかに、『湖月抄』を読んでいる。そして、この言葉を、彼のボキャブラリーに加えたのである。詳しくは、本シリーズ最終巻である第Ⅵ巻に付載する論考で述べたい。

44―4　桜の花を見ながら囲碁を打つ姉妹……少年少女のままであれば

三月になり、桜が満開となった。鬚黒の息子たちと娘たち、そして彼らの母親である玉鬘が、鬚黒が亡き後に自分たちが直面している家門の衰えを嘆き合う。

幸福だった子ども時代の記憶を、子どもたちが語り合う場面を読もう。兄の左近《さこん》の中将《ちゅうじょう》、弟の侍従《じじゅう》、姉の大君《おおいぎみ》、妹の中《なか》の君《きみ》のやりとりが、ほほえましくも、切ない。

［『湖月抄』の本文と傍注］

碁《ご》打ちさして（姫君達のさま也）、恥ぢらひておはさうずる（おはしますも也）、いと、をかしげなり。「内《うち》わたりなど、まかり歩《あり》きても、『故殿《ことの》（ひげ黒也）のおはしまさましかば』と、思う給へらるること多くこそ」など、涙ぐみて、見奉り給ふ。二十七《中将也》、八のほどにものし給へば、いとよく整《ととの》ひて、この御ありさま《姫君達の事也》どもを、「いかで、いにしへ、おぼし《ひげ黒の也》掟《おき》てしに違《たが》へずもがな」と、思ひ居《ゐ》給へり。

御前《おまへ》の花の木どもの中《姫君達、折らせて置きたまへり》にも、匂《にほ》ひ勝《まさ》りて、をかしき桜を折らせて、「ほかのには似ずこそ」など、翫《もてあそ》び給ふを、「をさなく《中将の詞》おはしまさうし時、『この花は、我《わ》がぞ』『我《わ》がぞ』と、争ひ給ひしを、故殿《ことの》《ひげ黒也》は、『姫《嫡女也》君の御花ぞ』と定め給ふ。上《うへ》は、『若君の御木』と定め給ひしを、いと、さは《中将のわが身の事也》、泣きののしらねど、やすからず思ひ給へられしはや《父母の桜を姫君達ばかりにまゐらせたまへるを妬みし心也》」とて、「この桜の老木《おいき》に成《な》りにけるにつけても、過ぎにける齢《よはひ》を、思ひ給へ出《い》づれば、あまたの人（父鬚黒等の事也）に後《おく》れ侍《はべ》りにける（中将の玉かづらに対して語り玉ふ也）、身の憂《うれ》へも、止《と》めがたうこ（語り出だせばとどめがたしと也）そ」など、泣きみ笑ひみ、聞こえ給ひて、例よりは、のどやかにおはす。人の婿《むこ》（中将の事也　誰のむことは見えず）になりて、今は、心静かにも見え給はぬを、花（花ゆゑに長閑に居給ふと也）に心とめて、ものし給ふ。

［湖月訳］

兄の左近の中将は、弟の侍従が、姉妹の打つ囲碁の審判役を務めているのを見て、自分が宮仕えで忙しいので、ずっと家にいる弟が姉妹の信頼を勝ちえたのだろう、と冗談を言う。

大君と中の君は、それまで打っていた囲碁の手を止めて、恥ずかしそうにしていらっしゃる。そのお姿は、たいそう美しい。中将は、「私は、宮中で忙しくお勤めをしていますので、あなたたちのお相手をできなくて、申しわけなく思っています。それにしましても、宮中で公《おおやけ》の仕事をするにつけても、亡き父上――鬚黒の太政大臣――が、まだお元気でいらっしゃったらなあ、と思わずにはいられないことが、何度もあるのですよ」と、涙ぐんで話しながら、姫君たちを御覧になる。

この中将は、現在、二十七、八歳になっているので、自分たちの家系の統率者としての自覚が、十分におありである。美しい二人の姫君を御覧になるにつけ、「亡き父上は、この姫君たちを、ぜひとも宮中に入内《じゅだい》させて女御にしたいと、願っておられた。何とかして、その願いを実現したいものだ」と思いながら、座っている。

姫君たちは、庭の桜の花が美しく咲いているので、最も華やかで、情緒たっぷりな枝を折り取らせて瓶《かめ》に插し、目の前に置き、その美しさを賞美しておられた。それを見ながら、中将は、父親が健在で幸福だった幼い頃を思い出した。

「今、思い出しました。あなたがた――大君と中の君――が、まだ幼かった頃のことです。お二人で、『この綺麗な桜の花は、私のものよ』、『いいえ、私のものよ』と言い争ったことがありました。その時、亡き父上は、『長女である姉君――大君――のものだよ」

とお決めになりました。母上――玉鬘――は、『いいえ、妹――中の君――のものですわ」とお決めになりました。それを聞いていた私も、この桜の花を気に入っていましたので、自分のものにしたかったのです。幼かったので、聞き分けもなく泣きわめいてもよかったのでしょうが、じっと黙って我慢しました。でも、心の中では、父上も母上も、二人の娘たちのことばかりをかわいがって、私のことを考慮してくださらなかったことが、心の中では不満たらたらだったのですよ」と、しみじみ話される。

中将は、さらに、「あの時の桜が、今、このような老木になってしまったのを見るにつけても、あの時から今まで閲《けみ》してきた時の流れを、痛感しますね。父上をはじめとして、大切な方々に先立たれてしまいました。今、私が直面している宮仕えの辛《つら》さに堪《こら》えきれず、ついつい愚痴を言ってしまい、申しわけありません」などと、泣いたり、笑ったりしながら、話し続けられる。

おそらく、この時、中将は、白楽天の、「童稚《どうち》、悉《ことごと》く成人し、園林、半《なか》ば喬木《けうぼく》」という漢詩の一節を、心に思い浮かべていたのでしょう。

中将は、いつもは、実家に顔を出しても、すぐに帰ってしまうのですが、今日ばかりは、ゆったり腰を据えて、屋敷に留まっておられます。今では、良縁に恵まれて、結婚相手のお屋敷で婿《むこ》としてお過ごしなので、何かと公私にわたってお忙しいのですが、今日ばかりは、家族が幸福だった幼少期のことを思い出させてくれた桜の花に惹《ひ》かれて、のんびりと時を過ごしています。

[宣長説]

特になし。

[評] 私は、なぜか、樋口一葉『たけくらべ』の世界を連想する。子どものままで、時が停まったならば、人間は、どんなにか幸福なことだろう。けれども、時は進み続ける。子どもたちが大人になった時、幸福は、いつの間にか失われており、それを取り戻すのは不可能に近い。

45 橋姫《はしひめ》巻を読む

この橋姫巻から夢浮橋《ゆめのうきはし》巻までを、「宇治十帖《うじじゅうじょう》」と総称する。

『湖月抄』は、宇治十帖の作者が紫式部ではなく、娘の「大弐《だいに》の三位《さんみ》」の作とする説もあるが、正篇と同じく紫式部の作である、と述べる。『源氏物語』は正篇と続篇、合わせて五十四帖。四代の天皇の御代《みよ》の、七十年以上の時間を描いている。その七十年の間には、人々の言葉づかいも、おのずと変化する。正篇と宇治十帖（続篇）の文体は、確かに異なっている。けれども、それは作者が別人だからではなく、同じ作者が時代の変化を反映させて書いた結果である、と『湖月抄』は結論している。

宇治に隠棲している八の宮は、桐壺帝の皇子である。その准拠は、応神天皇の皇子で、宇治に遁世した菟道稚子《うじのわかこ》（菟道稚郎子《うじのわきいらつこ》）である、と『湖月抄』は言う。菟道稚郎子は、兄の仁徳天皇に皇位を譲った。八の宮も、弟である冷泉帝の即位によって、自らの即位の道が断たれた点で、共通している。

それに対して、本居宣長は、八の宮の准拠は、清和天皇との皇位継承争いに敗れて、洛北の小野に隠棲した惟喬《これたか》親王である、とする。文徳天皇の第一皇子である。『伊勢物語』第八十三段で、小野の惟喬親王を訪ねる在原業平には、宇治の八の宮を訪ねる薫の面影がある、と述べている。宣長は、「宇治」という隠棲地ではなく、「皇位継承の敗北による隠遁者」として、八の宮を理解している。萇道稚郎子は、みずから進んで仁徳天皇に皇位を譲っているので、八の宮とは違っている。

本居宣長は、正篇が終わったあとの「匂宮三帖」について、匂兵部卿巻(匂宮巻)は光源氏の子孫、竹河巻は鬚黒の子孫、紅梅巻は紅梅大納言の子孫のことを書いているので、橋姫巻から始まる宇治十帖は、匂兵部卿巻に接続する、と物語の構造を把握している。

45―1 巻名の由来、年立、この巻の内容

「橋姫」は、古くは「はしびめ」と濁って発音した。『湖月抄』は、「はしひめ」ではなく、

「はしびめ」と濁る立場である。

巻の名は、「歌を以《もつ》て、これを号す」。薫が大君に贈った、「橋姫の心を汲《く》みて高瀬さす棹《さを》の雫《しづく》に袖ぞ濡れぬる」という和歌による。また、巻名として、「優婆塞《うばそく》」という別名があった、ともされる。優婆塞は、出家せずに仏道に励む人のことで、八の宮を指している。

『湖月抄』の「年立《としだて》」では、薫の十九歳から二十一歳まで。宣長説では、一歳、引き上げられていて、薫の二十歳から二十二歳までである。この違いは、なぜ生じたのか。

薫は、十九歳で「宰相中将」になったと、匂兵部卿（匂宮）巻にある。橋姫巻で、薫が冷泉院で、在俗のままで仏道修行に励む八の宮の存在を知った時の官職が、「宰相中将」である。『湖月抄』は、ここを根拠として、橋姫巻の薫が「十九歳」の時点から物語が本格的に開始した、と把握した。

ところが、宣長は、次のように言う。確かに、薫が宰相中将になったのは十九歳であるが、匂宮巻は、薫が二十歳になった正月までを描いている。ならば、橋姫巻では、「匂宮巻のあと」が書かれるはずだから、薫の年齢は「二十歳」とすべきだ、と言う。

ここで、一歳の齟齬《そご》が生じたのである。宣長本人も、『湖月抄』が十九歳と定めたのも、自分が二十歳と定めたのも、どちらの説も、確実な根拠がないと言えば、ないと認めている。ただし、匂宮巻を受けて、宇治十帖が書かれたという構造把握に立つならば、匂宮巻末の二十歳から、橋姫巻で十九歳に遡るのはおかしい。

このように宣長は言い、現在の通説も、宣長説に従っている。ただし、橋姫巻には、八の宮の永い人生が書かれているので、「匂宮巻の巻末を受けて、橋姫巻が本格化する」という宣長の把握は、必ずしも正確ではない。

本書では、この巻以降も、二つの年立を平行して紹介したい。

さて、この巻では、八の宮の不幸な半生が語られている。薫は、出家せずに仏道に励んでいる八の宮の内面に関心を持ち、宇治に通い始める。八の宮には、「大君《おおいぎみ》」と「中の君《なかのきみ》」という、二人の娘がいた。

薫は、八の宮の不在中に、応対に出て来た「弁《べん》」という女房から、自分の出生の秘密を教えられる。弁は、柏木と女三の宮の密通を証明する確実な証拠を、薫に手渡した。

八の宮は、自分が亡き後の、娘たちの後見を、薫に依頼したいと思っている。また、匂宮も、宇治の姫君たちに関心を持ち始めた。

45―2　新しい物語の始動……桐壺巻の冒頭との類似

橋姫巻の巻頭部分を読もう。新しい物語が始まるためには、新しい主人公が必要である。それに先立って、「主人公の両親」が紹介される。橋姫巻では、大君と中の君の両親の、不如意《ふにょい》な人生が語られる。

［『湖月抄』の本文と傍注］

その頃、世に数《かず》まへられ給はぬ古宮《ふるみや》《八宮、春宮にも立ち給ふべき也》、おはしけり。母方《ははかた》など《大臣の娘の女御と》も、《みえたり》やむごとなくものし給ひて、筋異《すぢこと》なるべき覚え《これも春宮になどの事ゆゑ也》など、おはしけるを、時移りて、世の中にはしたなめられ給ひける紛《まぎ》れに、なかなか、いと名残《なごり》なく、御後見《うしろみ》《家司也　ただ八宮に心よせの人々なるべし》なども、もの恨めしき心々《こころごころ》（みとどけ奉るもなく、なくなりたると也）にて、方々《かたがた》につけて、世を背《そむ》き去《さ》りつつ、公《おほやけ》私《わたくし》（八宮の御ありさま也）に、拠《よ》り所《どころ》なく、さし放《はな》たれ給へるやうなり。

北の方（八宮の北の方也）も、昔の大臣《だいじん》の御娘なりける。あはれに、心細く、親たちのおぼしおきてたりしさまなど、思ひ出《い》で給ふに、たとしへなきこと多かれど、深き御契《ちぎ》りの二《ふた》つなきばかりを、憂《う》き世《よ》の慰めにて、互《かた》みに、またなく頼み交《か》はし給へり。

年頃《としごろ》経《ふ》るに、御子も、ものし給はで、こころもとなかりければ、「さうざうしく、徒然《つれづれ》なる慰めに、いかで、をかしからん児《ちご》もがな」と、宮ぞ、時々おぼしのたまひけるに、珍しく、

総角の君也　後、大君と云ふ
女君《をんなぎみ》の、いとうつくしげなる、生まれ給へり。これを限りな
くあはれと、思ひかしづき聞こえ給ふに、また、さし続き、
気色《けしき》ばみ給ひて、「このたびは、男《をとこ》にても」など、おぼしたる
又姫宮也　中君也　平産にてはありながら也
に、同じさまにて、平《たひ》らかにはし給ひながら、いといたく患《わづら》
母君也　八宮の歎き給ふ也
ひて、失《う》せ給ひぬ。宮、あさましく、おぼし惑ふ。

［湖月訳］

これから、新しい物語――宇治十帖――を始めるに当たりまして、正篇の桐壺巻の書き出しに倣《なら》いたいと思います。どの天皇の御代《みよ》でありましたか――むろん、今上帝《きんじょうてい》の御代です――、世間からすっかり忘れ去られた高齢の皇族がいらっしゃいました。

その方は、桐壺帝の八番目の皇子でしたので、「八《はち》の宮《みや》」と呼ばれています。ちなみに、

第一皇子が朱雀院、第二皇子が光る君、十番目が冷泉院です。今上帝は、朱雀院の皇子でいらっしゃいます。

八の宮の母親も大臣の娘であって、まことに尊い血筋を引いていたのです。世が世ならば、この宮が春宮《とうぐう》に立っても不自然ではありませんでした。実際に、そういう動きもあったのですが、いつのまにか政治の潮流が変わりました。光る君が明石から帰京されるや、八の宮の立坊《りつぼう》（春宮に立つこと）は、沙汰止みとなったのです。弟の冷泉院が即位されますと、さらに八の宮の存在感は希薄となり、世の中からも軽んじられることが多くなったのでした。

一時期は、なまじっか春宮になる可能性があったがために、かえって、以前の勢いがなくなり、将来への展望が消滅したことが、宮の後ろ盾や家司《けいし》たちにも恨めしく、宮を見限って去っていった。そうなると、八の宮の世話をする人もいなくなり、公の面でも私的な面でも、世間との接点がなくなり、次第にその存在までも忘れられていったのである。

八の宮の北の方も、血筋は良くて、かつて大臣だった人の娘なのだった。世の中から顧みられず、物寂しい生活を送るようになると、親たちが自分に寄せていた期待と、かけ離れた境涯になった。八の宮が春宮、さらに天皇に即位すれば、北の方は女御、中宮にもなれるのではないかと、北の方の親は願っていた。それを裏切る結果になったのが、悲しい。それでも、夫である八の宮との夫婦仲は、これ以上はないほどに親密だった。互いへの愛情だけを、つらい世の中に堪《た》えて生きてゆく慰めとして、過ごしていた。

夫婦二人の日々が過ぎていったが、子どもにも恵まれなかった。自分たちがこの世に生きる意味もはっきりとは見えてこないので、「ひどく寂しい日々の暮らしを慰めてくれる、可愛らしい子どもが、私たちの間に生まれてこないものかな」と、八の宮はたびたびお考えになり、かつ、北の方に向かって口にもされた。

すると、偶然にも、とても可愛らしい姫君に恵まれなさった。長女なので「大君《おおいぎみ》」、総《あげ》角巻《まき》で亡《な》くなるので「総角《あげまき》の君」とも呼ばれることになる女性の誕生である。

この大君を、心から可愛らしいと慈しんで、大切に育てていたが、引き続き、北の方は新たな子どもを、お腹《なか》に宿された。「今度は、男の子であったら、よいな」などと思っていたが、またしても、女の子だった。次女なので、「中の君《なかのきみ》」と呼ばれる。

中の君は平産だったのだが、北の方は産後の肥立《ひだ》ちが悪くて、体調を崩し、お亡くなりになった。残された八の宮は、ただただ茫然とするばかりで、嘆いていらっしゃる。

［宣長説］

特になし。ただ、宣長は、『湖月抄』が引用しなかった一条兼良『花鳥余情』の説を、所持していた『湖月抄』版本の欄外に書き込んでいる。光源氏と八の宮との仲が、そばそばしい（しっくりいかない）、ということなどである。

［評］　母親が早世したので、生活力のない父親と、幼い二人の姉妹だけが、この世に残された。不幸な三人の未来や、いかに。これが、橋姫巻の書き出しである。

45―3　父と、娘二人の暮らし……「水鳥」に寄せる唱和

仏道に心を寄せる八の宮は出家を願っているが、幼い二人の娘のことを思うと、出家に踏み切れない。八の宮の出家を妨げる「絆《ほだし》＝束縛」が、可愛らしい二人の娘なのである。そんな三人の、宇治に移り住む以前の、ある日の光景が語られている。

［『湖月抄』の本文と傍注］

春の麗《うら》らかなる日影《ひかげ》に、池の水鳥どもの、羽《はね》うち交《か》はしつつ、おのがじし囀《さへづ》る声などを、常は、はかなきことと見給ひしかども、番《つがひ》離れぬを、羨《うらや》ましく眺め給ひて、君達《きんだち》に御琴《こと》ども教へ聞こえ給ふ。いとをかしげに、小《ちひ》さき御ほどに、とりどり掻《か》き鳴らし給ふ物《もの》の音《ね》ども、あはれに、をかしく聞こゆれば、涙を浮《う》け給ひて、

打ち捨てて《うばそくの宮》番《つがひ》去りにし水鳥の仮《かり》のこ《雁の子》の世に立ちおくれけ

ん
「心尽《こころづ》くしなりや」と、目押し拭《のご》ひ給ふ。《御落涙のさま也》かたち《八宮をいへり》、いと清《きよ》げにおはします宮なり。年頃《としごろ》の御行ひに、痩せ細り給ひにたれど、さてしも、あてに、艶《なま》めきて、君達《きんだち》をかしづき給ふ御心《みこころ》ばへに、直衣《なほし》の萎《な》えばめるを着《き》給ひて、しどけなき御さま、いと恥づかしげなり。
姫君、御硯《すずり》を、やをら引き寄せて、手習《てなら》ひのやうに、書き交《ま》ぜ給ふを、「これに、書き給へ。硯《へ》には、書きつけざンなり」とて、紙、奉り給へば、恥ぢらひて、書き給ふ。

大君歌

いかでかく巣立《すだ》ちけるぞと思ふにも浮《う》《憂》き水鳥の契《ちぎ》りをぞ
知る

草子地、この歌を評していへり

良《よ》からねど、その折《をり》は、あはれなりけり。手《手跡也》は、生《お》ひ先《さき》見えて、まだ、よくも続け給はぬほどなり。

八宮詞

「若君も、書き給へ」とあれば、今少し《中君のしづかに書きたまふさまなり》、をさなげに、久しく書き出《い》で給へり。

中君歌

泣く泣くも羽《はね》うち着する君なくは我ぞ巣守《すもり》になるべかり
ける

［湖月訳］

春の麗らかな陽が、庭に降り注いでいる。池には、水鳥たちが、何を話し合っているのだろうか、互いに囀《さえず》り交《か》わしている。仲睦まじそうに見える水鳥は、番《つがい》の鴛鴦《おし》なのだろう。杜甫の詩に、「鴛鴦《えんあう》、独《ひと》り宿せず」とあるように、鴛鴦は夫婦で仲良く羽を交わしながら寝る習性がある。鴛鴦は、夫婦の片一方が死ぬと、残されたほうも後《あと》を追って死ぬ、という。

八の宮は、池に浮かぶ水鳥たちを、これまでは何ということはなく、とりたてて注目せずに見ていたのだが、自分が北の方に先立たれてからは、夫婦の水鳥が仲良く泳ぎ回っている姿を、羨ましく見るようになった。人間は、配偶者を亡くすと、寂しさゆえに感受性が敏感になるものと見える。

八の宮は、二人の姫君たちに、琴《こと》（絃楽器）を教えている。姫君たちは、まだ幼くて可愛らしいご様子なのだが、二人とも熱心に琴を掻き鳴らしていらっしゃる。その音色が、まことに心に沁《し》みて聞こえるので、教えている父親の目には、思わず涙が浮かんでくるのだった。八の宮の歌。

打ち捨てて番《つがひ》去りにし水鳥の仮《かり》のこ《雁の子》の世に立ちおくれけん

(鴛鴦《おし》という水鳥は、夫婦仲良く、いつも一緒にいる。ところが、私は、愛していた妻に先立たれてしまった。私は、生きる張り合いのない「仮の世」に、一人取り残された。いや、残されたのは、私一人ではなかった。「雁の子《かりのこ》」(鴨《かも》の卵)のような幼い二人娘も、取り残されてしまった。運命は、どうして、こんなにも非情なのだろうか。)

亡き北の方を愛惜して、心の籠もった哀切な歌を詠んだあと、八の宮は、「妻を思い、二人の娘のことを思うと、悲しみが尽きることはない」と言いながら、こぼれてくる涙を拭《ぬぐ》っていらっしゃる。

八の宮は、まことに顔立ちの整った方である。北の方に先立たれて以来、ずっと仏道に心を入れて修行しているので、ふっくらとした体型ではなく、痩せていらっしゃる。けれども、かえって優美さが際立《きわだ》っている。姫君たちをお育てなさる前向きな気持ちから、きちんとした直衣《のうし》姿である。ただし、糊は柔らかくなっていて、くつろいだ雰囲気である。見ている側が恥ずかしくなるくらい、立派な宮様である。

父宮が歌を詠まれたので、姉君も歌を詠もうとなさる。硯を、そっと手もとに引き寄せて、すさび書きをするかのように、硯の上に文字を書いている。それを見た八の宮は、「おやおや、文字は、紙に書きなさい。硯は、文殊菩薩の眼だと言われていますよ。ですから、硯の表面に、文字を書いてはいけないのです。学問の神様である菅原道真公にも、『見る石の面《おもて》にものもかかざりきふしの楊枝もつかはざりけり』という歌もありますからね」と、教え諭《さと》しながら、紙をお渡しになる。大君は、恥ずかしそうにしていたが、やがて歌を書きつけた。

いかでかく巣立《すだ》ちけるぞと思ふにも浮《う》き水鳥の契《ちぎ》りをぞ知る

（母上に先立たれてから、あっという間に、私は大きくなってしまいました。池に浮かんでいる水鳥を見ていると、私は前世からの辛《つら》い宿命を痛感します。水鳥は群で泳いでいますが、私には母上がいません。）

語り手である私は、この歌が詠まれた時、「良い歌だ」と感心しましたが、今思うと、それほどではありませんね。でも、しんみりとした状況だったので、心の籠もった良い歌のように思えたのでしょう。大君の筆蹟は、これから練習すれば、どんどん上達するだろうと思われました。その時はまだ、幼い子どもがそうであるように、続け書きができず、一つ一つの文字がはっきり書いてありました。

父君から、「中の君も歌を詠んで、お書きなさい」と言われたので、妹君は、少し時間をかけて、ゆっくりゆっくりお書きになる。文字は、姉君よりも幼い筆蹟でした。

泣く泣くも羽うち着する君なくは我ぞ巣守《すもり》になるべかりける

（父上は、母上に先立たれた悲しみで、いつも泣いておいでです。でも、その父上が私たち姉妹を育んでくれないのでしたら、私は、卵のまま孵化《ふか》しないという「巣守《すもり》」になってしまうでしょう。父上、私たちをいつまでも見捨てないでください。）

［宣長説］

宣長が所持していた『湖月抄』には、『湖月抄』の『花鳥余情』からの引用が不十分と考えたのだろう、『花鳥余情』の説が、詳しく転記されている。「羽うち交《か》はしつつ、おのがじし囀《さへづ》る声などを」の箇所では、「水鳥もさへづるは、春の心あるべし」という『花鳥余情』の説を、書き足している。

［評］　この場面の少し後には、大君には琵琶《びわ》、中の君には箏《そう》を教えた、と書いてある。

「見る石の面《おもて》にものもかかざりきふしの楊枝もつかはざりけり」という歌であるが、「見る石の面にものはかかざりきふしの楊枝は使はざらめや」という異文がある。下の句の意味が大きく変わってしまう。

「見る石」は「硯」。「ふしの楊枝」は「節の楊枝」だろう。

45—4　八の宮、娘二人と宇治へ移る……都での居場所をなくして

八の宮が仏教への傾倒を深める中、都の屋敷が火事で焼亡した。三人は、都を離れて、宇治の山荘へと移り住むのだった。

年立《としだて》に厳密な本居宣長は、大君が生まれたのは正篇の若菜下巻の頃で、八の宮一家が宇治へ転居したのは雲隠巻の頃だった、と計算している。

［『湖月抄』の本文と傍注］

源氏の大殿《おとど》の御弟《おとうと》、八の宮とぞ聞こえしを、冷泉院《れいぜいゐん》の春宮《とうぐう》に

おはしまし時、朱雀院《すざくゐん》の大后《悪》の、横様《よこざま》におぼし構《かま》へて、こ《八》の宮を、世の中に立ち継《つ》ぎ給ふべく、我が御時《とき》、もてかしづき奉り給ひける騒ぎに、あいなく、あなたざま《源氏方をいへり》の御仲らひ《六条院の御事也》には、さし放《はな》たれ給ひにければ、いよいよ、かの御次々《つぎつぎ》になりはてぬる世にて、え交《ま》じらひ給はず。また、この年頃、かかる聖《ひじり》になりはてて、今は限りと、よろづを、おぼし捨てたり。

かかるほどに、住み給ふ宮、焼け《八宮の京の家、焼失せしと也》にけり。いとどしき世に、あさましう、あへなくて、移ろひ住み給ふべき所の、よろしきもなかりければ、宇治《うぢ》といふ所に《ここにて宇治への事を書き出だす也》、由《よし》ある山里《八宮の山荘也》、持《も》給へりけるに、渡り給ふ。思ひ捨て《八の心也》給へる世なれども、今はと、住み離れなんを、あはれにおぼさる。網代《あじろ》の気配《けはひ》近く、耳かしがましき川のわたりにて、静かなる思ひにかなはぬ方《かた》もあれど、いかがはせん。花《宇治の景気をいへり》、紅葉《もみぢ》、水の流れにも、心を遣《や》る《心をなぐさむる心也》便りに寄せて、いとどしく眺め給ふより外《ほか》のことなし。かく、絶え籠《こ》もりぬる野山の末にも、「昔の人《北方也》、ものし給はましかば」と、思ひ出《い》で聞こえ給はぬ折《をり》、なかりけり。

見《八宮》し人も宿《やど》も煙《けぶり》となりにしをなどて我が身の消え残りけ

ん

生ける甲斐《かひ》なくぞ、おぼし焦《こ》がるるや。

草子地也

[湖月訳]

さて、ここから「宇治の物語」を、本格的に語り始めることにしましょう。

かつて一世を風靡した光る君の弟宮で、不幸な星のもとに生まれた八の宮と呼ばれていたお方が、宇治に移り住むことになった経緯を、これからお話しします。冷泉院が、まだ春宮《とうぐう》でいらっしゃった頃、ということは、朱雀帝の御代にまで、時代が遡《さかのぼ》ります。

当時の政界は、朱雀帝の母親である弘徽殿《こきでん》の大后《おおきさき》が牛耳《ぎゅうじ》っていました。大后は、藤壺や光る君への反発から、藤壺のお生みになった冷泉帝を、春宮から下《お》りさせたくて、道理にはずれた陰謀を企てたのです。冷泉帝を「廃太子」にして、その代わりに、この八の宮を立坊《りつぼう》(春宮に立てること)しようとして、八の宮を厚遇したのです。

その後の成り行きは、この物語の正篇で書きましたように、失脚していた光る君が明石から帰京されるや、大后の陰謀は、物の見事に挫折したのでした。そんなことがあったので、八の宮は、光る君の一族から疎《うと》まれ、政界を追放されたのでした。

その後も、光る君の一族ばかりがお栄えになりました。さすがに、光る君ご自身は、八の宮は自分の異母弟ですから、それでも突き放すことまではなかったのですが、光る君のお子様の世代が政治の世界の表舞台で活躍なさるようになると、八の宮の存在を思い出してくれる人など、誰もいなくなりました。加えて、八の宮も、北の方と死別した後は、仏道修行に心を入れています。俗事をすっぱりと断念した八の宮のほうから、光る君の子孫の方々にお付き合いを願う、ということもないのでした。

そうこうするうちに、「弱り目に祟《たた》り目」で、八の宮のお屋敷が火事で焼失しました。住みづらさが増さる一方だったのに、さらにこの火事に遭《あ》い、あまりの成り行きに、がっくりとなさったのでした。宮は、都の中には、移り住むことのできる、立派な別邸など、お持ちではありませんでした。

ここで、「宇治」の物語となったのです。八の宮は、宇治という所に、風情《ふぜい》のある山荘をお持ちでしたので、そこにお移りになったのです。宮は、都での暮らしには絶望しきっていたので、いつか事態が好転することなど、とっくに諦めていました。それでも、「これで都ともお別れだ」と思うと、心の底から悲しい思いがこみ上げてくるのでした。

このようにして、八の宮は、二人の姫君ともども、宇治の山荘に移ってきました。宇治の風物詩と言えば、冬の網代《あじろ》があります。宇治川の上流の田上川《たなかみがわ》の網代は、鮎の稚魚である「氷魚《ひお》」を採る仕掛けとして有名ですね。下流の宇治川にも、網代がありました。宮たちが住むことになった山荘は、網代が設置されている場所からも近く、流れが速いことで知られる宇治川の川音が、耳障りなほどに大きく聞こえてきます。八の宮は、この宇治で「閑居」を楽しむつもりだったのですが、ここよりほかには、住むべき場所がないので、いたしかたのないことなのでした。

けれども、宇治には、それなりに美しい景色もあったのです。春の花、秋の紅葉《もみじ》、そして季節を問わない川の水の流れ。それらを、悲しい心を慰めるよすがとして、宮たちは、ひたすら眺め続けているのでした。宇治は、それほどまでに人里から遠く離れた「野山《のやま》」ではないのですが、八の宮は、野山の奥まで来たように感じるのでした。それにつけても、「ああ、ずっと一緒に暮らしてきた北の方が、恋しい。どうして、私を残して、この世を去ってしまったのか」と、亡き妻を思い出さない日はありません。そんな気持ちが、歌になりました。

見し人も宿《やど》も煙《けぶり》となりにしをなどて我が身の消え残りけん

（ずっと一緒に暮らしていた愛する妻の命は消え、火葬の煙となった。妻と共に暮らした懐かしい都の屋敷も、火事で煙となり、焼け失せた。それなのに、なぜ、私一人が、この世から消えもせず、生き残っているのだろうか。）

語り手である私も、八の宮の境遇には、心から同情します。さぞかし、この世で自分が生きる意味を見出せないほどに、心から、今は亡き北の方を恋い焦がれているのでしょう。

［宣長説］

『湖月抄』は注釈していないが、「我が御時《とき》」の「時」は、「時に遇《あ》ふ」「時を失ふ」と言うの「時」で、「絶頂期」という意味である。宣長は、弘徽殿の大后の得意の絶頂期である、と解説している。

［評］　ここから、「宇治」が舞台となる。

八の宮は、世事に疎《うと》く、学問も本格的には修めていなかった。ただし、世の中でうまく生きてゆくためには役に立たない音楽には、造詣が深かった。

宇治山の寺には阿闍梨《あざり》が住んでいて、八の宮は彼から仏道を学んだ。『湖月抄』は、宇治山の阿闍梨の准拠は、「我が庵《いほ》は都の辰巳《たつみ》しかぞ住む世を宇治山と人とは言ふなり」の歌を詠んだ、喜撰《きせん》だとする。この歌の「宇治山」には「憂《う》し」が掛詞になっており、八の宮親子が移り住んだ「宇治《うぢ》」が、「憂《う》し」という心情と深く結びついていることを示している。

45—5 八の宮と薫の交流、始まる……心に瑕《きず》ある二人の男

八の宮が宇治で教えを受けている山寺の阿闍梨が、冷泉院に招かれた際に、八の宮の生き方を話題にする。八の宮の人となりに興味を持った薫は、八の宮と手紙を交わし、やがて宇治を訪れ始めた。

八の宮は、将来の栄達が約束されている薫が、若くして仏道に深い関心を持っていることに驚く。

［『湖月抄』の本文と傍注］

宮《八宮也》、「世の中《八宮の詞》を、かりそめのことと思ひとり、厭《いと》はしき心の付きそむることも、我《わ》が身《み》に憂《うれ》へある時、なべての世も恨め《因縁なくては道心はおこらざる物を》しう《と也》、思ひ知るはじめありてなん、道心《だうしん》も起こるわざなンめるを、年若く、世の中、思ふにかなひ、何事《なにごと》も飽かぬことは《万事不足なる事なく足らひたる心也》あらじとおぼゆる身《み》の程《ほど》に、さ、はた、後《のち》の世《よ》をさへ、辿《たど》り知り給ふらんが、ありがたさ。

ここには、さンべきにや、ただ、厭《いと》ひ離れよと、ことさらに仏《ほとけ》などの、勧《すす》め、おもむけ給ふやうなるありさまにて、おのづからこそ、静かなる思ひにかなひゆけど、残り少なき《八宮の御存命久しかるまじき》心地《ここち》するに《心ちすると也》、はかばかしくもあらで過ぎぬべかンめるを、来《き》し方《かた》、行《ゆ》く末《すゑ》、さらに、え辿《たど》る所なく思ひ知らるるを、かへりては《薫の心中をほめたる也》、心恥《は》づかしげなる法《のり》の友《とも》にこそは、ものし給ふなれ」など、のたまひて、互《かた》みに《八宮と薫と也》、御消息《せうそこ》通ひ、みづから《薫なり》も参《まう》で給ふ。

［湖月訳］

八の宮は、薫という若者が仏教に心を寄せていることに驚き、不思議に思われる。宮は、次のような感慨を洩らされた。

「仏教の真理に到達した目から見れば、この世の一切は『虚仮《こけ》』である。けれども、その真理を体感し、この世での人間の営みを嫌なことだと痛感するには、きっかけが必要である。自分の身の上に、大いなる苦しみや悩みがある場合にはじめて、世間の営みが恨めしいと、思うようになるものだ。深い因縁がなくては、まことの道心は起こらない。それなのに、薫は、まだ十九歳という若さであり、何と言っても、あの光る君の子どもなので、将来が約束されている。すべてが、自分の願う通りになり、何一つとして、不満に思うことはないだろう。それなのに、この世の人生を終えた後《のち》の世の幸せまで、深く熟考されているとは、何と、素晴らしい青年なのだろうか。

それに引き換え、我が身は、どうだろうか。そうなるべき宿命ではあったのだろうが、妻には先立たれ、住まいは焼けるなどして、仏様が、『この不幸をきっかけとして、俗世を心から厭《いと》い、来世の往生を求めるようになりなさい』と仕向け、勧めてくださったような境遇だったので、自然と、隠遁して心静かにお勤めをしたいという願いが実現していったのだった。

私のこの世での壽命も、もう永くはないように感じられる。にもかかわらず、私には、しかとした悟りは得られなかった。人間はどこから来て、どこへ行くのか。この根源的な問いかけに、とうとう明確な答えを見出せなかった。
そういう時に、薫という殊勝な青年が、私の前に現れてくれた。彼こそは、私の『法《のり》の友』なのではなかろうか」。
八の宮は、このようにおっしゃり、薫と手紙をやりとりし始めた。薫は、わざわざ宇治の山荘まで、足を運ぶようになった。

［宣長説］
八の宮の悟りが遅いことを嘆く、「はかばかしくもあらで過ぎぬべかンめるを」の最後の部分は、「過ぎぬべかンめるも」の誤写であろう、と宣長は推測している。
宣長所持の『湖月抄』には、本文の異同などがかなり詳しく書き込まれているが、そこにも、「もナルベシ」とある。

［評］　薫が仏道に心を入れているのは、自分が光源氏の子ではないという、出生の秘密に、うすうす気づいているからである。その隠された苦悩を知らない八の宮には、薫が素晴らしい若者に見えた。

45―6　宇治を訪れる薫……「宇治」の自然

秋も深まった頃、薫は、宇治の八の宮の山荘を訪れる。八の宮は、阿闍梨の山寺で七日間の籠もりのため不在であり、二人の姫君が留守をしていた。宇治の自然は、薫の目に、どのように映ったのだろうか。

［『湖月抄』の本文と傍注］

中将（薫也）の君、「久しく参《まゐ》らぬかな」と、思ひ出《い》で聞こえ給ひけるままに、有明《ありあけ》の月の（九月下旬の頃なるべし）、まだ夜深《よふか》くさし出《い》づるほどに、出《い》で立《た》ちて、いと忍びて、御供《とも》に人などもなく、やつれておはしけり（八宮法事の留守中に薫の参らるる也）。川のこなたなれば、舟なども煩《わづら》はで、御馬《うま》にてなりけり。

入り持《も》て行《ゆ》くままに、霧《き》りふたがりて、道も見えぬ繁木《しげき》の中《なか》を、分《わ》け給ふに、いと荒《あら》ましき風の競《きほ》ひに、ほろほろと落ち乱るる木《こ》の葉《は》の露の散りかかるも、いと冷《ひや》やかに、人やりな《夜深に参り給ふ心》らず、《づからぬれ給へば、いふ也》いたく濡れ給ひぬ。かかる歩《あり》きなども、をさをさ慣らひ給はぬ心地《ここち》に、心細く、をかしく、おぼされけり。

山《薫》おろしに堪《た》へぬ木《こ》の葉《は》の露よりもあやなくもろき我《わ》が

涙かな

「山賤《やまがつ》の驚くも、煩《うるさ》し」とて、随身《ずいじん》の音《おと》もせさせ給はず、柴《しば》の籬《まがき》を分けつつ、「そこはかとなき水の流れどもを、踏みしだく駒《こま》の足音も、なほ、忍びて」と、用意《ようい》し給へるに、隠れなき御匂《にほ》ひぞ、風に従ひて、「主《ぬし》知らぬ香《か》」と驚く寝覚《ねざめ》の家々《いへいへ》ぞありける。

［湖月訳］
中将の君――薫――は、「そう言えば、ここ暫《しばら》く、宇治の八の宮を訪れていなかったな」と、思い出された。そうなると、居ても立ってもいられずに、宇治へと向かわれる。頃は晩秋、九月の下旬である。まだ暗い空に、有明の月がやっと上《のぼ》ってくる時間帯に、都を発《た》たれる。お供の人数も減らしたお忍びで、目立たない身なりでお出かけになる。八の宮の山荘は、宇治川の手前――都の側――にあるので、舟に乗って川を渡ることもない。そのため、馬に乗って、いらっしゃる。

なお、八の宮の山荘は、「橋寺《はしでら》」のあたりである。宇治川には宇治橋が架かっており、大化二年（六四六年）に架けられたとされるが、その宇治橋を管理していたのが、橋寺（放《ほう》生院《じょういん》）である。

都から宇治へと向かうにつれて、山が深くなってゆく。霧も深く立ちこめ、視界を遮《さえぎ》り、道も定かには見えない。生《お》い茂る木々の中を、掻《か》き分けるようにして進んでゆく。とても荒々しく吹きつけてくる風の勢いに堪《た》えきれず、木《こ》の葉《は》の露が、ほろほろと落ちてきて、薫の体にも乱れ落ちる。薫は、冷たい露に、びっしょりと濡れたのだけれども、それは、自らが宇治へ行こうと思い立ったためであるので、本人が招いた冷たさなのである。

ふだんは、夜が深いうちに都を離れて出かけることは、まず、ない。そのため、心細さと感動が一つになったような気持ちになる。薫の心には、和歌が浮かんできた。

山おろしに堪《た》へぬ木《こ》の葉《は》の露よりもあやなくもろき我《わ》が涙かな

（激しい山颪に堪《た》えきれずに、木の葉の露が、ばらばらと乱れ落ちてきて、私の袖を濡らしている。私の目からも、心細さと、感動を堪《こら》えきれない涙が、情けないほどにたくさんこぼれ落ちている。）

薫は、山道を通り過ぎながら、「山里の者たちが目を覚まして、何の音だろうと驚くのも面倒だ」と考え、随身《ずいじん》たちには、先を追う声を控えさせている。山里の柴の垣根を、掻き分けながら、そっと通り過ぎる。「山里なので、ちょっとした水の流れがあちこちにある。そこを渡る際には、馬の足音が大きく響かないようにせよ」と、細心の注意を払っていらっしゃる。

それでも、もともと体から発している芳しい香りが、露に濡れていっそう強くなり、それが風に乗って一帯に広まってしまった。「主《ぬし》知らぬ香《か》こそ匂《にほ》へれ秋の野に誰《た》が脱ぎかけし藤袴《ふぢばかま》ぞも」(『古今和歌集』素性)という歌があるけれども、あまりの薫の芳香に驚いて目を覚まし、「何の香りだろうか。誰が、今しがた、ここをお通りになったのだろうか」と、いぶかしく思う家々《いえいえ》もあった。

[宣長説]

特になし。ただし、「有明の月」に関して、『湖月抄』が引用しなかった『河海抄』の説などを、宣長は、所持していた『湖月抄』の版本に、詳しく書き写している。

『湖月抄』は、宇治橋の架かった年を「大化元年」とする。『源氏物語』の注釈書には、大化二年とする『元亨釈書《げんこうしゃくしょ》』を引用するものもあるが、宣長は何も指摘していない。

［評］　薫の歌の「あやなく」は、現在は「道理に合わない」という意味で解釈するが、『湖月抄』は「あぢきなく」と解釈している。

また、『湖月抄』は、薫の歌を本歌取りした藤原俊成の歌を紹介している。

嵐吹く峰の紅葉《もみぢ》の日に添へてもろくなりゆく我が涙かな（『新古今和歌集』）

この歌は、『自讃歌』にも撰ばれている。

また、「道も見えぬ繁木《しげき》の中《なか》」の部分は、「繁木《しげき》の中《なか》」か、「繁き野中《しげきのなか》」なのか、両説があったが、『湖月抄』は「繁木の中」説である。

45―7　薫、月下の姉妹を垣間見《かいまみ》る……琵琶と月をめぐる知的会話

八の宮は阿闍梨の寺に籠もっていて、不在だった。留守をしている姉妹が、月を愛《め》でながら琵琶や箏を弾じ、楽しい会話を交わしている姿を、薫は垣間見《かいまみ》る。国宝『源氏物語絵巻』にも描かれた名場面である。

薫の垣間見は、山荘の「宿直人《とのいびと》」の案内によるものだった。「教訓読み」を展開する『湖

月抄』は、姫君たちの姿を残りなく薫に見せた宿直人の姿勢を、「不忠の事也」と批判している。それに対して、本居宣長は、薫の人柄の素晴らしさに感化された宿直人は、「もののあはれ」を知る人間であって、作者の紫式部も宿直人を褒めている、と反論している。

［『湖月抄』の本文と傍注］

内《うち》なる人、一人《これ大君也》は柱に少し居隠《ゐかく》れて、琵琶《びは》を前に置きて、撥《ばち》を手《て》まさぐりにしつつ居《ゐ》たるに、雲隠《くもがく》れたりつる月の、にはかに、いと明《あ》かく、さし出《い》でたれば、「扇《大君の詞也》ならで、これ《撥を云ふ也》しても、月は招きつべかりけり」とて、さし覗《のぞ》きたる顔、いみじくらうたげに、匂《にほ》ひやかなるべし。添ひ《中君也》臥《ふ》したる人は、琴《こと》の上《うへ》に傾《かたぶ》きかかりて、「入《い》る日を《中君の詞也》返す撥《ばち》こそありけれ。様異《さまこと》にも思《入る月をかへすと》ひおよび給ふ御心《みこころ》かな」《いふ事はなき物をと、ざれとがめたる心也》とて、打ち笑ひたる気配《けはひ》、今少し重《おも》りかに、由《よし》づきたり。「及ばずとも《大君の詞也》、これも、月に離《はな》るるものかは」など、はかなきことを、打《う》ち解《と》け、のたまひ交《か》はしたる御気配《けはひ》ども、さらに《薫の心中也》、よその思ひやりしには《おもひの外になつかしきと也》似ず、いとあはれに、懐《なつ》かしう、をかし。

昔物語などに語り伝へて、若き女房などの読むをも聞くに、必ず、かやうのことを言ひたる、「さしも、あらざりけん」と、憎く推《お》し量《はか》らるるを、「げに、あはれなる物《もの》の隈《くま》あるべき世なりけり」と、心移りぬべし。

［湖月訳］

薫は、宿直人《とのいびと》から教わった通りに、透垣《すいがい》の戸を押し開けると、庭の向こう側に、廂《ひさし》の間《ま》が見えた。その部屋の中には、二人の姫君がいた。

一人――姉の大君――は、柱が邪魔になって、はっきりとは見えないのだが、琵琶を前に置いて、撥《ばち》を手でまさぐりながら、座っている。それまでは雲に隠れていた月が、急に、明るく差してきた。すると、その姫君は、手にしていた撥を掲げながら、「月の光を呼び戻す扇という故事が、なかったかしら。でも、撥にも、その力があると見えます。私は扇ではなく、この撥で、月の輝きを呼び返しましたよ」と言いながら、撥越《ご》しに月を見ている。その顔は、とても可憐で、なおかつ、華やかである。

（この「扇」と「月」の故事ですが、よくわかっていません。「月、重山《ちょうざん》に隠れぬれば、扇を擧《あ》げて、これを喩《たと》ふ」（『和漢朗詠集』）という詩句があるのですが、月を呼び戻したわけではありません。琵琶の撥は、形が末広がりで、扇に似ていますから、姫君は、何げなく、「扇ではなく、この撥で」と口にされたのでしょうか。)

部屋の中には、もう一人、物に寄り添うようにして臥《ふ》している姫君——妹の中の君——がいた。彼女は、箏《そう》の上に前かがみになって、「あら、おかしな言葉ですこと。沈みそうになっている太陽を、撥をかざして、もう一度、天高く呼び返すという故事ならば、私も聞いたことがありますわ。でも、沈みかけた月や、雲に隠れた月を呼び戻す撥がある、という話は、聞いたことがありませんわ。何か勘違いをなさっているのではありませんか」と言って笑う様子は、先ほどの姫君より、もう少しおっとりとしていて、奥ゆかしい印象を受ける。

(なお、この言葉も、意味と出典が、よくわからないのです。『還城楽物語《げんじょうらくものがたり》』には、戦いの場面で、太陽が西に沈もうとするのを、撥をかざして正午の高さにまで戻したという内容が書かれている、という説もあります。また、魯陽という武将が、戦場で日が暮れそうになったので、矛《ほこ》をかかげると、太陽が三寸ほど高く呼び戻されたことが『史記』に書かれている、という説などがあります。二人の姫君たちは、確実な典拠に基づいて語り合っているのではなく、その場の思いつきで、楽しい会話を交わしていると考えてよいでしょう。それでは、二人の姫君の会話に戻ります。)

「撥で月を呼び返す故事はない」と言われた姫君は、「ええ、そんなことは、私もわかっていますわ。撥には、月を戻すことはできないでしょうが、琵琶と月は、切っても切れない関係なのですよ。琵琶の中で、撥を収める場所を『隠月《いんげつ》』と言うでしょう」などと、気を許しあった姉妹二人だけなので、たわいのないことを話し合っている。

薫は、八の宮に二人の姫君がいることは知っていたが、これまでは興味を示すことがなかった。「宇治」という場所柄、優雅さとは懸け離れた人柄だろうと思っていたからだった。けれども、今、垣間見ている月下の姫君たちの雰囲気は、まったく予想とは異なっていた。まことにいじらしく、もっとお近づきになりたいと、心が引きつけられる。

世の中には、たくさんの昔物語が語り伝えられていて、薫は、これまでにも、若い女房たちが昔物語を読み聞かせるのを聞いたことがあった。『住吉物語』や『うつほ物語』などには、美しい姫君を、男が偶然に垣間見る場面があった。

その時、薫は、「これらは、あくまで作り物語の中の虚構の設定なのであり、現実に、こういうことは起こるはずがない」と、物語の嘘を憎らしく思ったものである。ところが、今、こうして、現実に、美しい姫君たちの姿を見、会話を聞いたので、物語に対する認識を、薫は改めざるを得なかった。「なるほど、物語に書いてある通りだ。この世の中には、自分がこれまでまったく知らなかった所に、このように心惹かれる女性が住んでいたのだ」と気づいた。

語り手から申し上げますと、この時、薫は、早くも宇治の姫君に深い愛情を抱いておられたのですよ。

［宣長説］

「月は招きつべかりけり」という表現に関して、『源氏物語』の最古の注釈書の一つとされる『水原抄《すいげんしょう》』には、「月を招く」ではなく「月を学ぶ」とある。ここに、宣長は注目する。「まなぶ＝まねぶ」（似ている）を、「まねく」（招く）と誤写した結果、現在の本文では意味が通じにくくなった、と考えたのである。確かに、撥の形は、月と似ている。けれども、「月は、学《まね》びつべかりけり」では、さらに意味が通じない。

宣長の学説は、彼が「誤写説」を唱える時に、急速に、信憑性が損なわれてしまうように、私は感じる。私は、若い頃には、宣長の圧倒的な学力を恐怖の念と共に痛感していたので、宣長だから、こういう誤写説を唱えるのだろうと、感嘆していた。今、思うには、宣長の唱える本文の誤写説は、危うい。

さて、この巻には、八の宮が、姉の大君には「琵琶」を、妹の中の君には「箏」を教えた、と書いてあった（「45―3」の「評」参照）。そこで、この場面でも、「琵琶」を持っているのが大君で、箏を前にしているのが中の君だと、『湖月抄』までの研究者たちは考えた。

宣長も、このことに、異論を述べていない。

ところが、現在では、琵琶を手にして、楽しく冗談を言う明るい方が中の君、奥のほうで、重々しく振る舞っているのが大君、と解釈されている。姉妹の当てはめが、逆転しているのだ。問題は、『湖月抄』のすべてを疑ってかかる宣長ですら、『湖月抄』と同じように、「琵琶＝大君」「箏＝中の君」という当てはめに疑問を感じていない、という事実である。

この場面で、薫は、大君への深い愛情を心に宿した。薫は、「撥」をかざして戯れる姫君の姿に心惹かれたのだろうか。奥のほうで、重々しく振る舞う姫君の姿に、心惹かれたのだろうか。

［評］　平清盛が瀬戸内海の「音戸《おんど》の瀬戸」を開鑿《かいさく》した時に、日が沈みそうになったので、金の扇で太陽を招き返し、作業を一日で終わらせた、という「日

招き伝説」がある。

45―8　弁という老女房の出現……過去の秘密を知る者

垣間見のあとで、薫は大君と、少しばかり話をする。ここから、薫は大君を意識するようになった。そのあと、一人の年老いた女房が薫の前に現れ、大君から会話を引き取った。彼女の名前は、「弁《べん》」。柏木の乳母《めのと》の娘だった。柏木の乳母は、女三の宮の乳母と姉妹であった。柏木と女三の宮の仲を取り持ったのは、女三の宮の乳母の娘である「小侍従」だった。つまり、弁と小侍従は、イトコの関係になる。弁は、柏木と女三の宮の密通の秘密と、深く関わっていた。

ちなみに、小侍従は、既に故人となっている。

[『湖月抄』の本文と傍注]

この老人《おいびと》は、うち泣きぬ。 弁、柏木の事を思ひ出でたる故也 「さし過《す》ぎたる罪もやと、思う給へ忍ぶれど、『あはれなる昔の御物語の、いかならんついでに、うち出《い》で聞こえさせ、片端《かたはし》をもほのめかし、知ろしめさせん』と、年頃、念誦《ねんず》のついでにも、うち交《ま》ぜ、思う給へわたる験《しるし》にや、嬉しき折《をり》に侍《はべ》るを、まだきにおぼほれたる涙にくれて、 はやく涙のおつると也 えこそ聞こえさせ侍《はべ》らね」と、うちわななく気色《けしき》、まことに、「いみじく、もの悲し」と思へり。

〔湖月訳〕

薫と話をしたがっている老女房は、こみあげるものがあったのか、いきなり泣きだした。

あとから考えれば、この時、弁は、目の前で薫の姿を見て、薫がこの世に生を受けるきっかけとなった出来事——不義密通——を思い出し、薫の真実の父親である柏木への懐かしさゆえに、涙をこらえきれなかったのであろう。また、自分の命があるうちに、何とかして柏木の遺言を薫に伝えたい、と思い詰めていたのだろう。

やがて、老女は涙を抑えて、語り始めた。

「私のような立場の者が、あなた様にお声を掛けるのは、まことに無礼な振る舞いだということは、重々承知しています。あなた様も、さぞかし、不愉快にお感じのことでありましょう。ですから、声を掛けるのを躊躇いたしました。けれども、どうしても我慢できず、声をお掛けしてしまいました。

私には、もう何年、いえ、二十年近くも、固く、思い続けてきたことがあるのです。『私だけが知っていて、あなた様がご存知ではない、昔、確かに起きた哀れな出来事の一部始終を、何としても機会を見つけ出して、あなた様にお話し申し上げ、その一端だけでもお耳に入れ、真実を知っていただきたい』と、願い続けておりました。

仏様に向かって、後世を祈るお勤めをしていましても、自分の極楽往生の祈りと一緒に、どうぞ、あなた様と巡り合わせてくださいさい、何としても、私の抱えている真実を伝えさせてくださいと、祈り続けました。その思いが、仏様にも通じたのでしょう。こうして、あなた様のお目にかかれまして、心から嬉しく思っております。けれども、早くも、涙があふれてまいりまして、そのため、肝腎の言葉を口にすることができないでおります」と言う。

老女が感動と興奮のあまり、全身をぶるぶる震わせている様子は、心の底から、「たいそう悲しい」と思い詰めているように見えた。

［宣長説］

「まだきにおぼほれたる涙にくれて」とある部分で、『湖月抄』の傍注には「はやく」とあるが、「はやく」という説明だけでは不十分である。『万水一露《ばんすいいちろ》』が注釈しているように、「まだ言葉を言い出しもしないうちに、はやくも」と、行間を補って解釈すべきだ、と宣長は述べている。『湖月抄』の説とほぼ同じであるが、『湖月抄』よりも心の襞に分け入っている。

『万水一露』は、連歌師の能登永閑《のとえいかん》がまとめた『源氏物語』の注釈書である。永閑の師は宗碩《そうせき》、宗碩の師は宗祇である。

［評］ 薄雲《うすぐも》巻では、夜居《よい》の僧都《そうず》が冷泉帝に、出生の秘密を奏上した。若菜上巻では、明石の尼君が、明石の女御に、出生の事実を教えた。そして、この巻では、弁が、薫に、柏木と女三の宮の秘密を教える。ただし、弁は、自分の口で語っただけでなく、柏木の遺書を読ませるという方法も取った。証拠（物証）があるだけに、薫の受けた衝撃が、最も大きかったのではないだろうか。

45―9　薫と大君の和歌の贈答……「橋姫」の歌

薫は、大君と和歌を詠み交わす。その中に、巻の名前となった「橋姫」という言葉が見られる。

［『湖月抄』の本文と傍注］

「網代《あじろ》は、《御供の人の云ふ也》人さわがしげなり。されど、《網代の氷魚をとらんとするなるべし》氷魚《ひを》も、寄らぬにやあらん。すさまじげなる気色《けしき》なり」と、御供《とも》の人々、見知り《網代の案内を》て言ふ。《よく知りていふ也》あやしき舟どもに、柴《しば》刈り積み、おのおの、何《なに》となき世の営みどもに、行《ゆ》き交《か》ふさまどもの、はかなき水の上《うへ》に浮かびたる、誰《たれ》も思へば、同じことなる世の常無《つねな》さなり。「我は浮かばず、玉《たま》の台《うてな》に静《しづ》けき身かは」と、思ひつづけらる。

硯《すずり》召して、あなたに聞こえ給ふ。《姫君たちへ薫の也》

橋《薫》姫の心を汲《く》みて高瀬さす棹《さを》の雫《しづく》に袖ぞ濡れぬる

「眺め給ふらんかし」とて、宿直人《とのゐびと》に、持たせ給へり。《文を持たせやる也》寒げに、

寒き時、鳥肌立つを云ふ也　詩に鶏皮と云ふ、これ也

いららぎたる顔して、持て参る。御返り、紙の香《か》など、おぼろけならんは恥づかしげなるを、「疾《と》きをこそは、かかる折《をり》は」とて、

さし返る宇治の川長朝夕《かはをさあさゆふ》の雫《しづく》や袖をくたしはつらん

「身さへ浮きて」と、いとをかしげに書き給へり。

【湖月訳】

薫に従って宇治に滞在している供人たちの中には網代《あじろ》に詳しい者がいて、世間話に興じている。「毎年、九月から十二月までは、宇治川の網代のあたりは、氷魚《ひお》を採ろうとする者たちが集まっているので、何かと騒がしい。近江の国の田上川《たなかみがわ》の網代が有名だが、そこで採り漏らした氷魚が、ここ山城の国の宇治の網代にかかるようだ。けれども、このとこ

ろ、氷魚が少なくなっているらしく、漁師たちは面白くないと思っている感じだ」などと、訳《わけ》知り顔に話をしている。

薫は、その話を聞くともなしに聞いていたが、目は宇治川を眺めている。粗末な舟が幾艘も、刈った柴を積んで、行き交《か》っている。それら、「宇治の柴舟《しばぶね》」は、ふらふらと、よるべなく水の上に浮かんでいる。けれども、考えてみれば、どんなに身分の高い人間であっても、無常の世の中で生きている限りは、あの舟人たちと同じなのだ。そう気づいた薫は、「この私にしても、柴舟に乗って水の上に浮かぶ境遇ではない、と言えるだろうか。玉《たま》の台《うてな》の大邸宅で安らかに暮らし続けられる身の上と、言えるだろうか。自分は、仮の世を生きている点では、彼らと同じことなのだ」と、我が身を深く顧み、世の中と人間の真実について、熟考しておられる。

歌が心に浮かんだので、硯を持ってこさせて書きしたため、大君にお贈りになる。

橋姫の心を汲《く》みて高瀬さす棹《さを》の雫《しづく》に袖ぞ濡れぬる

（宇治川のそばで暮らしているあなたは、宇治橋の下にいるという橋姫（守り神）のようなお方です。宇治川の流れを毎日御覧になっているので、どんなにか、世の中の無常を感じ、寂しく過ごしていらしゃることでしょうか。そのお心を思いやりますと、今、目の前の宇治川の浅瀬を行き交っている舟人たちが、棹の雫で袖を濡らしているように、私の袖は、あなたへの同情と共感の涙で濡れてしまうのです。）

この歌のあとに、「さぞかし、深い物思いに沈んでおられることでしょう」と書き添えて、宿直人《とのいびと》に持たせなさった。

この歌にある「橋姫」は、『古今和歌集』の「さむしろに衣かたしき今宵《こよひ》もや我を待つらん宇治の橋姫」という歌にも詠まれているが、宇治橋の下にいる神様である。「橋姫大明神」とも言う。この橋姫には、宇治橋のすぐ北にある「宇治神社」と「宇治上神社《うじがみ》」に鎮座する離宮《りきゅう》明神が通っているという伝承と、住吉明神が通っているという伝承とがある。

さて、文使いを仰せつかった宿直人《とのいびと》は、顔にも鳥肌が立っているようで、いかにも寒そうな感じで、薫の歌を大君のところへ持っていった。

歌を受け取った大君は、相手が身分の高い貴人なので、返事を書く紙に薫《た》きしめる香りも、平凡なものであれば恥ずかしくて、返事をするのもためらわれるのだが、「こういう時には、何よりも、速く返事するのが大切である」と考えて、大君は、すぐに返歌をしたためなさった。

さし返る宇治の川長朝夕《かはをさあさゆふ》の雫《しづく》や袖をくたしはつらん

（あなたは宇治川を行き交う舟を操る舟人のように、都と宇治を往復しておられます。けれども、私が毎日眺めている舟人の袖は、朝夕に濡れ続けていますので、すっかり朽ち果てていることでしょう。私の袖も、宇治川を眺める日々の寂しさに、涙で今にも朽ち果てそうです。）

大君は、歌の後に、「『さす棹《さを》の雫《しづく》に濡るるものゆゑに身さへ浮きてもおもほゆるかな』という歌がありますが、私の袖にこぼれる涙は大量なので、我が身も涙の海に浮いてしまいそうです」と、たいそう見事な筆蹟でお書きになっていた。

［宣長説］

「同じことなる世の常無《つねな》さなり」の箇所は、「同じごとなる」（同じ如《ごと》なる）と解釈することもできると、宣長は所持している『湖月抄』に書き入れている。

『湖月抄』には、大君の歌の初句から第五句まで、すべて大君自身のことを詠んでいるとする説と、初句と第二句は薫のことを歌い、第三句から大君の身の上を詠んでいるとする説の二つが、紹介されている。『湖月抄』は、最終的には後者を採用している。

宣長は、この歌は、薫とは無関係であり、すべて大君本人のことを詠んでいると解釈したほうがよい、と述べている。上の句は、「私の袖は、宇治の川長の袖のように、いつも濡れています」という意味になる。「さし返る」の部分に、薫が都に戻る、引き返すことは含まれない、ということである。

［評］　この場面は、松尾芭蕉『おくの細道』の冒頭に、「舟の上に生涯を浮かべ、馬の口とらへて老いを迎ふる者は、日々旅にして、旅を栖《すみか》とす」とある部分を、連想させる。芭蕉は、船乗りや馬子の生き方に、自分自身の人生を見た。なお、庶民の生活を見た貴人が、我が身を振り返って、自分も彼らと同じなのだと感じるのは、夕顔巻冒頭の光源氏もそうだった。この点については、第Ⅵ巻に付載する論考を参照されたい。

45―10　実父の遺書を読む……「罪」の証拠

冬、十月、薫は宇治を訪れた。薫は、八の宮から、娘たちへの後見を、それとなく依頼される。そのあと、六十歳を間近に控えた「弁」という女房から、柏木の遺書を手渡される。帰京して、その遺書を読んだ薫は、大きな衝撃を受けた。

薫が誕生したのは、柏木が死去した年だった。現在、薫は、二十一歳（宣長説では、二十二歳）。二十年も前に書かれた父の遺書には、紛れようもなく、柏木と女三の宮の関係と、薫の誕生の経緯が書き記されていた。

橋姫巻の巻末部分を、読もう。

［『湖月抄』の本文と傍注］

帰り給ひて、先《ま》づ、この袋を見給へば、唐《から》の浮線綾《ふせんりよう》を縫ひて、（糸を浮けて織りたる綾也）

「上《じやう》」といふ文字《もじ》を、上《うへ》に書きたり。細き組《くみ》《緒也》して、口の方《かた》を結《ゆ》ひたるに、かの御名《な》の封《ふう》、付きたり。開《あ》くるも恐ろしう、おぼえ給ふ。色々《いろいろ》の紙にて、たまさかに通《かよ》ひける御文《ふみ》《女三宮の御ふみ也》の返り事、五《いつ》つ六《む》つぞある。さては、かの御手《て》にて、「病は重く《柏木の文の詞》、限りになりにたるに、また、ほのかにも聞こえんこと難《かた》くなりぬるを、ゆかしう思ふことは添《そ》ひにたり。御かたちも変はりて《女三宮の尼に成り給へる也》おはしますらんが、さまざま悲しきこと」を、陸奥国紙《みちのくにがみ》五、六枚《まい》に、つぶつぶと、あやしく鳥の跡《あと》のやうに書きて、

目《柏》の前にこの世を背《そむ》く君よりもよそに別るる《柏木の身の事也》魂《たま》ぞ悲しき

また、端《はし》に、「珍しく聞き《薫の事也》侍《はべ》る二葉《ふたば》のほども、うしろめたう、
思ひ給ふる方《かた》はなけれど、
命《柏》あらばそれとも見まし人知れず岩根《いはね》に留《と》めし松の生《お》ひ
末《すゑ》」

書きさしたるやうに、いと乱《みだ》りがはしくて、「侍従《じじゆう》の君に」と、上《うへ》には書きつけたり。紙魚《しみ》といふ虫の住みかになりて、古めきたる黴《かび》くささながら、跡《あと》は消えず、唯今《ただいま》、書きたらんにも違《たが》はぬ言《こと》の葉《は》どもの、こまごまと定かなるを見給ふに、「げに、落ち散りたらましかば」と、うしろめたう、いとほしきこと

どもなり。
「かかること、世に、またあらんや」と、心一つに、いとど、もの思はしさ添ひて、「内《うち》へ参らん」とおぼしつるも、出《い》で立たれず。宮《女三宮也》の御前《おまへ》に参り給へれば《薫の女三宮へまゐり給ふ也》、いと何心《なにごころ》もなく《女三宮のさま也》、若《わか》やかなるさまし給ひて、経誦《きやうよ》み給ふを、恥《は》ぢらひて、もて隠し給へり。「何かは《薫の心也》、知りにけりとも《柏木との事を也》、知られ奉らん」など、心に籠《こ》めて、よろづに、思ひ居《ゐ》給へり。

［湖月訳］
薫は、宇治から都の三条宮に戻るや否や、早速、気になっていた、弁から受け取った袋

を御覧になる。その袋は、紋様が浮織《うきおり》になっている、豪華な舶来の絹織物を縫い合わせたもので、いかにも大切なものが入っているという雰囲気だった。袋の上には、「上《じょう》」（手紙を差し上げます）という文字が書かれている。細い組紐《くみひも》で、袋の口が結んであるが、そこには「封」がしてあり、柏木の自筆で「判形《はんぎょう》」（印形《いんぎょう》、書《か》き判《はん》）が記されている。

薫は、その紐を解くのが、恐ろしくてたまらない。だが、思い切って、封を切って、袋の中を確認した。すると、さまざまな色の紙が、出てきた。それらは、ごくまれに、女三の宮から柏木に戻ってきた返信の、五、六通なのだった。

そのほかには、柏木の筆蹟で書かれた手紙が入っていた。おそらく、女三の宮に届けるつもりが、何らかの事情で不可能となり、そのままになっていたのだろう。これは柏木の絶筆であり、遺書でもある。

「私の病は重くなる一方です。まもなく、私の命は絶えてしまうことでしょう。もう一度、あなた――女三の宮――と、ほんの少しでもお逢いすることも、人目を盗んで手紙を交わすことも困難な状況です。あなたと、もう一度逢いたい、あなたの声をもう一度聞きたいという気持ちが、高まる一方です。あなたは出家して、尼になられた、とか。何もかも、すべてのことが、私には悲しくてたまりません」。

こういう内容のことが、おそらく柏木の手もとには、それしかなかったのだろう、陸奥《みちの》国紙《くにがみ》の五、六枚に書かれてあった。その筆蹟ときたら、浜辺に付いた鳥の足跡のように、解読不能な文字で、ぽつりぽつりと記されていた。手紙には、柏木の辞世の歌も記されていた。

目の前にこの世を背《そむ》く君よりもよそに別るる魂《たま》ぞ悲しき

(あなたは、ご自分で思い立って、この世を背いて尼になられました。私は、自分でも納得できないまま、この世を去って、あの世へと向かおうとしています。この世に未練が残ったままで死去する私の悲しみは、出家なさったあなたの大いなる悲しみよりも、さらに大きいことでしょう。)

この歌は、「声をだに聞かで別るる魂《たま》よりも亡《な》き床《とこ》に寝《ね》ん君ぞ悲しき」(『古今和歌集』読み人知らず)という歌を念頭に置いて詠まれている。『古今和歌集』の歌は、夫が地方を旅している間に、都で死に臨んだ妻が、「実際に死んでゆく私の悲しみよりは、帰宅した後で、私のいない寝床で独り寝をするあなたの悲しみのほうが大きいことでしょう」という意味である。相手を思いやるからこそ、死ぬ当人が悲しかったり、後に生き残る人が悲しかったりするのである。

柏木の手紙には、さらに、紙の端《はし》に、必死の思いで書き添えられていた言葉があった。「あなたと私との子どもが生まれたという、おめでたい情報も耳にしました。生まれたばかりの双葉《ふたば》——赤子の薫——の未来に関しては、光る君のお許しと庇護があるでしょうし、世間の人々は光る君の本当の子としか考えないでしょうから、死んでゆく私は、心配などしていません」。

そして、歌が記してあった。

命あらばそれとも見まし人知れず岩根《いはね》に留《と》めし松の生ひ末《おすゑ》

（もしも、私に余命があるのならば、「光る君」という盤石の岩根に、秘密のうちに植えつけた小松——薫——が、これからどういうふうに立派な大木に育ってゆくのか、「あれが、我が子だ」と心の中で思いながら、見ていることができるでしょうに。）

この歌を書いているうちに力が尽きたのだろう、歌の後には結びの言葉もなく、書きさしたような感じで終わっていた。筆蹟も極端に乱れていた。手紙の表《おもて》には、「侍従の君（小侍従）に」と書いてあった。小侍従を通して、女三の宮へ渡そうとしたのだろう。

二十年以上も前に書かれた古い手紙なので、虫食いの箇所もあった。紙を食うという「紙魚《しみ》」の住みかになっていて、紙の色も変色し、全体に黴臭《かび》くなっている。ところが、文字ははっきりと残っていて、墨の色は、今書いたばかりのように鮮やかである。

柏木は、女三の宮とのただならぬ関係も、二人の間に罪の子が生まれたことも、その子が光る君の子として育てられるであろうことも、包み隠さず、つぶさに書き記していた。

この遺書を読んだ薫は、「この遺書を私に手渡した弁が心配していたように、これが、もしもほかの誰かの目に触れるようなことがあったならば、大変なことになっただろう」と、不安に思った。同時に、実の父である柏木と、母親である女三の宮のことを、可哀想な人たちだ、とも思った。

驚くべき手紙の内容を読み終えた薫は、「こういうことが、現実に起きたのだろうか」と確認したくても、誰にも相談できないことなので、自分の心の中だけで苦しみ、いっそう悩ましさが募る。柏木の遺書を読む前までは、「宇治から都に戻ったら、すぐに宮中に参内《さんだい》しよう」と予定していたのだが、そういう気持ちにもなれない。

母親である女三の宮のお部屋に顔を出すと、宮は、何の悩みも苦しみもないような、若々しいご様子だった。柏木の遺書に書かれていたような激動など、何もなかったかのような、おっとりした顔をしていらっしゃる。

宮は、お経を誦《よ》んでおられたが、薫が入ってきたので、恥ずかしそうに、経典を隠される。この時代の女性は、お経を誦《よ》むにしても、人に隠れてこっそり誦《よ》んだものなのである。そういう母の姿を見た薫は、「母上と柏木との間に生まれた子どもが、この私であるのだが、その秘密を知ったことなど、母上にだけは知られないようにしよう」、と決意した。柏木の遺書のことは、自分の心の奥深くに秘めるしかない。それでも、薫は、さまざまな物思いに捕らわれてしまうのだった。

［宣長説］

弁が薫に渡した袋には、柏木の名前を記した「封」がしてあった。『湖月抄』は、柏木が自分で、この封をしたと解釈する。それに対して、宣長は、柏木の名前を書いて封をしたのは「弁」である、と主張する。柏木が臨終の床で書いた手紙は、女三の宮の手もとにある（あった）はずだ、というのである。その手紙を弁が小侍従に渡せなかったか、女三の宮に届いたのだが、後に弁が取り返したか。いずれにしても、封をしたのは弁である、と宣長は推測する。私は、無理な解釈だと思う。

さすがに、宣長の弟子である鈴木朖も、「師は云々《うんぬん》と言はれたれど、今思ふに、これは柏木の君の自ら付け給へりし封なるべし」と、反論している。

私の推測では、柏木は、死の直前に、女三の宮への最後の手紙を書きしたためると同時に、これまで彼女から貰っていた手紙を、返却するつもりだったのだろう。それらを一まとめにして袋に入れ、自分で封をして、弁に託した。けれども、弁は先方には届けられず、そのまま、弁の手もとに残っていたのではないか。

また、宣長は、「さまざま悲しきことを」という本文について、「さまざま悲しきことど」の誤写だろう、と述べている。これは、本文のままだと、直接話法が、いつのまにか間接話法に変容しているからである。すべてを論理的にすっきりさせたい宣長は、直接話法として文脈を一貫させたかったのである。文脈の乱れが許せなかったのだろうが、『源氏物語』には、よくある現象である。

［評］『湖月抄』は、「紙魚《しみ》といふ虫の住みか」という箇所について、この場面を本歌取りした藤原定家の歌を紹介している。

いたづらに打ち置く文《ふみ》も月日経《へ》て開《あ》くれば紙魚《しみ》の住みかとぞなる

室町時代の歌人で、『源氏物語』の注釈書も残した正徹《しょうてつ》にも、「紙魚」の歌がある。

今見るも憂き身に紙魚《しみ》のすむ文《ふみ》に残る香《か》絶えし中の秋風（「旧き恋」）

「身に沁《し》み」と「紙魚《しみ》」の掛詞である。紙に薫《た》きしめられていた香りが失《う》せるほど長い時間が経《た》っても、恋の苦しみは今も残っている、と歌っている。江戸時代の石川雅望《まさもち》に『しみのすみか物語』という作品がある。全部で「五十四」の笑い話が収められている。「五十四」という数字は、『源氏物語』五十四帖を意識したのだろうか。

それにしても、薫は、弁から渡された柏木の手紙を、どのように処分したのだろうか。

46　椎本《しいがもと》巻を読む

46―1　巻名の由来、年立、この巻の内容

巻のタイトルは、「歌を以て号す」。薫が八の宮を追悼した歌、「立ち寄らん陰《かげ》と頼みし椎本《しひがもと》空《むな》しき床《とこ》になりにけるかな」。

『湖月抄』では、薫、二十二歳の春から二十三歳の夏まで。本居宣長の年立では、薫、二十三歳の春から二十四歳の夏まで。

この巻では、八の宮が二人の娘の未来を心配しながら死去する。八の宮は、娘たちの後見を薫に依頼しているが、匂宮も姫君たちに関心を示している。

46―2 薫の吹く笛の音……音楽の才能と血統

二月の下旬、匂宮は、長谷寺《はせでら》への参詣からの帰途、宇治院に宿る。ここは、夕霧が、光源氏から相続した別荘だった。『湖月抄』は、この宇治院の准拠が、後に「平等院」と呼ばれた建物であるとする。源融、陽成天皇、宇多院、源雅信（宇多源氏で、藤原道長の正室・源倫子の父）、藤原道長、藤原頼通と伝わった建物である。

宇治川を隔てた都の側に、八の宮の山荘がある。『湖月抄』は、「橋寺の付近」と場所を推定している。

宇治院で、匂宮や薫たちが奏でる管絃の響きが、対岸に住む八の宮の耳にも聞こえてくる。音楽に堪能な八の宮は、致仕《ちじ》の大臣《おとど》（かつての頭中将）の血筋の誰かが笛を吹いている、と直感する。笛を吹いていたのは、薫だった。薫は、致仕の大臣の長男である柏木を、「秘密の父」としている。

〔『湖月抄』の本文と傍注〕

宮は、慣《な》らひ給はぬ御歩《あり》きに、悩ましくおぼされて、ここに（八宮の御方を）、休らはんの御心《みこころ》も深ければ（ゆかしく思ひ給ふ下心なるべし）、うち休み給ひて、夕《ゆふ》つ方《かた》ぞ、御琴《こと》など召して、遊び給ふ。

例の、かう、世離《よばな》れたる所は、水の音《おと》ももてはやして、物《もの》の音《ね》澄み増《ま》さる心地《ここち》して、かの聖《ひじり》の宮《みや》にも、ただ、さし渡るほどなれば、追風《おひかぜ》に吹き来《く》る響きを、聞き給ふに、昔のこと（八宮の心也）、おぼし出《い》でられて、「笛《ふえ》を、いとをかしくも吹き通《とほ》したンなるかな。誰《たれ》ならん。昔の六条院《源氏の御笛也》の御笛の音《ね》聞きしは、いとをかしげに、愛敬《あいぎやう》づきたる音《ね》にこそ、吹き給ひしか。これは、澄みのぼりて、ことごとしき気《け》の添《そ》ひたるは、致仕《ちじ》の大臣《おとど》の御族《ぞう》《御孫也　一族の心也》の笛の音《ね》にこそ似たンなれ」など、ひとりごちおはす。「あはれに、久しくなりにけるや。かやうの遊びなどもせで、あるにもあらで、過ぐし来《き》にける年月《としつき》の、さすがに、多く数《かぞ》へらるるこそ甲斐《かひ》なけれ」など、のたまふついでにも、姫《大君》君たち《中君の事也》の御ありさま、あたらしく、「かかる山懐《やまぶところ》に引きこめては止《や》まずもがな」と、おぼしつづけらる。

［湖月訳］

めったに遠出をなさらない匂宮は、大和の国の長谷寺への旅で、とてもお疲れになった。それで、この宇治院で休息をお取りになる。匂宮は、目下のところ八の宮の姫君たちに関心を寄せているが、その八の宮の山荘が、宇治川の向こう側にある。それで、当初から、この宇治院で時を過ごす腹づもりだった。暫く休憩なさったあと、夕方頃から、琴などの楽器をお取り寄せになって、管絃の遊びが始まった。

この宇治のように、人里から遠く離れている場所では、楽器の音が格段に澄みきって聞こえ、空に上《のぼ》ってゆくように感じられるものである。まして、ここは宇治川の流れが、絶えず荒々しい音を立てているので、それが美しい演奏の恰好の引き立て役となっている。

宇治院で奏でられる妙なる響きは、匂宮の期待に応《こた》えて、川向こうの俗聖《ぞくひじり》——八の宮——の山荘にも届いた。本当に、舟に乗ったら、すぐに渡れるくらいの至近距離なのである。具体的には、平等院（宇治院）と橋寺（八の宮の山荘）の距離である。

一方、こちらは八の宮。川の向こう岸の宇治院で奏でられている楽の音が、風に乗って、こちらまで聞こえてきた。その響きに耳を傾けていると、昔、まだ都で暮らしていて、宮中にも参内していた頃、こういう響きを聞いたものだと、懐かしく思い出される。

ふと、笛の音色に耳を止めて、誰に向かってということもなく、独り言を口にされた。

「あの笛は、まことに素晴らしく、吹き澄ませているようだな。どなたが、吹いておられるのだろう。私は昔、宮中で、六条院――光る君――が、見事な笛の音色を吹き立てられるのを、聞いたことがある。それはそれは、風情《ふぜい》があって、魅力的な音色であった。今、聞こえてくる笛は、光る君の血筋の方が吹いているのではなかろう。一直線に空に吹き上っていて、どこか仰々《ぎょうぎょう》しいところがある。そう、あれは、致仕《ちじ》の大臣《おとど》の笛の音色と似ている。その血筋の方が、あの笛を吹いているのだろう」などと、感想を洩らしている。

そうです。この笛は、薫が吹いていたのです。薫の本当の父親は光る君ではなく、柏木です。その柏木は、致仕の大臣の長男でした。笛の音色は、薫の血筋を明らかにしてしまったのでした。ただし、八の宮は、遠くで催されている宴を御覧になっていませんから、薫が吹いていることは、知る由《よし》もなかったのでした。

八の宮の独り言は続いた。

「ああ、それにしても、宮中で過ごした頃から今まで、長い時間が経過したものだ。こういう素晴らしい宴などにも交じることもなくなった。晴れやかな世界からは遠ざかり、上流の人々から見たら、私などは生きているのかいないのかもわからない、ありさまだ。

それなのに、長生きだけはしてきたことが、何とも情けない」。

こうおっしゃる八の宮の心の中には、二人の姫君のこれからの生き方のことが、大きな難問として横たわっていた。親目には、二人は美しい。「こんな山里に埋もれて一生を終わらせるのがもったいない。何とかして、彼女たちの人生を輝かせてあげたい」という思いが、湧いてくるのだった。

［宣長説］
特になし。

［評］ 薫と笛は、切っても切れない関係にある。横笛巻でも、柏木の思いが横笛という形見の宝物として、薫へ伝えられた。

光源氏と頭中将は、政治理念が大きく異なっていた。薫は、頭中将の孫であるから、「中庸」を目指す光源氏の政治スタイルではなく、「善いものは善い、悪いものは悪い」とはっきりさせる政治スタイルの持ち主なのだろう。

さて、この場面のすぐ後に、八の宮には、薫を姫君の婿に迎えたいという期待があった、と書かれている。けれども、「さしも、思ひ寄るまじかンめり」とある。

通説では、仏道に心を寄せている薫は、宇治の姫君との結婚は思いもしていないだろう、と八の宮が残念に思ったと解釈する。宣長は、「恋愛を思いもしない」とある主語は、薫ではなく姫君かもしれないと、所持している『湖月抄』に書き入れている。総角巻で語られる大君の結婚拒否の念の強さが、宣長の念頭にあったのだろう。

ただし、宣長も、最終的には、「さしも、思ひ寄るまじかンめり」の主語は薫だろうと結論している。

46―3　八の宮の女性観……「人の心を動かす種《くさ》はひ」

八の宮は、自分の死期が近づいていることを自覚している。大君は二十五歳、中の君は二十二歳。中の君の年齢を「二十三」とする写本もあるが、宣長の本文研究でも「二十三」

とするものは視野に入っていない。与謝野晶子の『新訳源氏物語』でも「二十二」とある。

八の宮は、「重く慎《つつし》み給ふべき年」である。六十一歳とする説が有力で、四十九歳とすると、冷泉帝（第十皇子）のほうが、「八の宮」（第八皇子）より年長になってしまう。冷泉帝（冷泉院）は、『湖月抄』の年立では五十二歳。宣長の年立では五十一歳。ただし、第八皇子が六十一歳で、第十皇子が五十二歳だと、少し間隔が空いてしまう。このあたり、紫式部の念頭にあった「年立」には、曖昧さがあったのだろう。

初秋の七月に、薫は宇治を訪ねた。八の宮は、中納言に昇進したばかりの薫に、娘たちの後見を依頼したあと、自らの女性観を語る。その場面を読もう。

［『湖月抄』の本文と傍注］

夜《よ》深《ふか》き月の明《あき》らかに差し出《い》でて、山《やま》の端《は》近き心地《ここち》するに、念《ねん》誦《ず》、いとあはれにし給ひて、昔物語《八宮の、薫と也》し給ふ。

「この頃《八宮の詞》の世は、いかが成《な》りにたらん。宮中《くちゆう》などにて、かやうなる秋の月に、御前《おまへ》の御遊びの折《をり》に、候《さぶら》ひ合《あ》ひたる中《なか》に、物の上手《じやうず》とおぼしき《男方の上手などをいへり》限り、取《と》り取《ど》りに打ち合はせたる拍子《ひやうし》など、ことごとしきよりも、「由《よし》あり」とおぼえある女御《にようご》、更衣《かうい》の御局《みつぼね》々《つぼね》の、おのがじしは挑《いど》ましく思ひ、うはべの情けを交《か》はすべかンめるを、夜深《よふか》きほどの、人の気湿《けしめ》りぬるに、心やましく掻《か》い調べ、ほのかに綻《ほころ》び出《い》でたる物《もの》の音《ね》など、聞き《八宮の》所あるが多かりしかな。《むかしの事を思ひ出てのたまふ詞也》何事《なにごと》にも、女は、もてあびの端《つま》にしつべく、ものはかなきものから、人の心を動かす種《くさ》はひになんあるべき。されば、罪の深きにやあらん。子《こ》の道の闇を思ひやるにも《これより姫君達の上へかけてのたまふ也》、男《をのこ》は、いとしも、親の心を乱さずやあらん。女は、限りありて、言ふ甲《か》斐《ひ》なき方《かた》に、思ひ捨つべきにも、なほ、いと心苦しかるべき」など、大方《おほかた》のことにつけて、のたまへる、「いかが、さ、おぼさざらん」と、心苦しく思ひやらるる御心《みこころ》の中《うち》なり。

〔湖月訳〕

八の宮と薫が向かい合って話し合っていたのは、まだ夜が深い時間帯だった。空には、明るい月が顔を見せた。上ってきたばかりの月を見て、八の宮は、まもなく自分の命が失われようとしているのと対照的な美しさなので、いよいよ差し迫った気持ちになる。万感の思いを籠めて経文《きょうもん》を、お唱えなさる。そして、しみじみとした気持ちになって、薫と昔話をなさった。

「近頃の宮廷の様子は、どうなのでしょうか、私はまったく知る由《よし》もありません。私が体験した、昔の宮中での思い出があります。今夜のように、秋の月が美しい夜には、宮中では、陛下の御前で、音楽の遊びが催されました。そうしますと、その時、御前に伺候していた男性貴族たちの中で、自分はこの楽器の名手であると自負している方々が、自信のある楽器をそれぞれ持って、拍子を合わせて合奏するのは、聞き応《ごた》えがありました。

ですが、そのような正式の仰々《ぎょうぎょう》しい演奏よりも、私が身に沁みて素晴らしいと思ったのは、宮中の女性たちが奏でる音楽でありました。知性と教養にあふれていると評判の女性たちが、女御や更衣たちには、揃っています。彼女たちは、女性同士で、互いに相手を羨む嫉妬心を抱いているのでしょうけれども、上辺《うわべ》は、いかにも仲がよさそうに振る舞っています。

そういう彼女たちの局から、夜が更けきって、人の気配がしなくなった後、自分が抱え込んでいる悩みが表れたかのような調べの音が、どこからともなく漏れ聞こえてくるのは、まことに聞いていて心に沁みる演奏でありました。「秋の夜《よ》は人を静めてつれづれと掻きなす琴の音《ね》にぞ立てつる」（『後撰和歌集』読み人知らず）という歌もございますな。

これは、一般論ですが、何事につけても、女というものは、男から見まして、ちょっとした暇つぶしの恰好の相手と言ってもよいくらいで、本気になるような対象ではないのではありますが、なぜか、その女と向かい合っている男は、心を動かされ、その女によって人生を方向づけられてしまうのです。ここまで男の心を悩ませる「種《たね》」となりますので、お釈迦様は、女人の罪深さをお説きになったのだと思います。

私も二人の娘を抱えておるのですが、「人の親の心は闇にあらねども子を思ふ道に惑ひぬるかな」（藤原兼輔）という古歌がありますな。けれども、子どもが男だった場合には、自分の才覚で何とか生きてゆけますから、それほど親の心は惑わないでしょう。女の子は、自分の力で人生を切り開けることがないわけですから、親から見れば心配でたまらないのです。いくら親が心配しても、その娘の持って生まれた運命があって、どうしようもないのですが、どうしても娘には心が引かれて、完全に見捨てることもできかねるのです」。

八の宮は、世間一般の話をしているように装って、実のところは、自分の死後に生き残る二人の娘への不安を、心の優しい薫に訴えているのである。

語り手である私は、八の宮の話を聞いていたのですが、「本当に、姫君たちの今後を心配なさっておられるのだろう」と、深く同情いたしました。

［宣長説］

「月が出る」という言葉は、東の山から月が上ってくることだけを意味するのではない。それまでは雲に隠れていた月が、雲が晴れて明るくなることも意味している。ここでは、後者であり、上《のぼ》ってきたばかりの月なのではない。

［評］　「男の心を苦しめる女は、罪深い」と、書かれている。そう言っている八の宮も、本気で、そう思っているのではないだろう。彼は、心の底から北の方を愛していたし、二人の娘を可愛がっている。けれども、八の宮には、政治家としての能力もなかったし、経済的な基盤も皆無だった。そのような無力な夫、無力な父親が、妻や娘を苦しめるのは、「罪」ではないのだろうか。

私は大学院生の頃、「罪」とは、自分の本心を見失うことではないか、という定義を考えた。この「罪」の定義に従えば、宇治十帖の最大の「悪人」は、薫である。そして、宇治十帖を読んでいる読者も、「悪人＝罪人《つみびと》」ではないか。さらに言えば、これだけ長い物語を書いても、人間の最終的な救済を見出せなかった作者の紫式部も、「罪人＝悪人」ではないか。

「本当の自分」、「真実の自分」を見出したいと強く願う人たちは、心ならずも、「罪」や「悪」にまみれてしまう。文学の「業《ごう》」である。この八方塞がりの閉塞を、一挙に打破しようとしたのが、本居宣長の唱えた「もののあはれ」ではないか。そう思う時がある。

46―4　八の宮、二人の娘に遺言を残す……「宇治の山里を離れるな」

八の宮は、命の終わりを予感し、阿闍梨の山寺に籠もることにした。その前に、二人の娘たちに向かい、遺言を語った。厳しい内容であった。

〔『湖月抄』の本文と傍注〕

秋深く成《な》り行《ゆ》くままに、宮（八宮也）は、いみじう、もの心細くおぼえ給ひければ、「例の、静かなる所にて、念仏をも紛れなくせ（あざりの寺にてし給へる也）ん」とおぼして、君達《きんだち》にも、さるべきこと聞こえ給ふ。

「世のこととして（八宮の詞　世の習ひとして也）、終《つひ》の別れを逃《のが》れぬわざなンめれど、思ひ慰む方《かた》ありてこそ、悲しさをも醒《さ》ますものなンめれ。また、見《み》譲《ゆづ》る人なく、心細げなる御ありさまども（姫君達を宣ふ也）を、打ち捨ててん（八宮のうせ給はん事をおぼ）が（してのたまふ也）、いみじきこと。されども、さばかりのことに妨《さまた》げられて、長き夜《よ》の闇《やみ》にさへ惑《まど》はんが、益《やく》《無益》なさ。かつ、見奉るほどだに、思ひ捨つる世を、去りなん後《うし》ろのこと、知るべきことにはあらねど、我が身一つにあらず《八宮の身のみならずと也》、過ぎ給ひにし《母上の事也》御面伏《おもてぶ》せに、軽々《かるがる》しき心ども《あだなる人になびき給ふなと也》、使ひ給ふな。おぼろけのよすがならで、人の言《こと》にうち靡《なび》き、この山里をあくがれ給ふな。ただ、かう、『人に違《たが》ひたる、契《ちぎ》り異《こと》なる身』とおぼしなして、『ここに、世を尽くしてん』と、思ひ取り給へ。ひたぶるに思ひしなせば、ことにもあらず過《す》ぎぬる年月《としつき》なりけり。まして、女《をんな》は、さる方《かた》に、堪《た》へ籠《こ》もりて、いちじるく、いとほしげなる、よそのもどきを負《お》はざらんなん、良《よ》かるべき」など、のたまふ。

［湖月訳］

八月になり、秋が深まってゆく。秋は心の憂いが深まる季節なので、八の宮は、自分の命を、たいそう心細いものにお感じになる。「こういう時には、いつもお籠《こ》もりしている阿闍梨《あざり》の山寺に場所を移して、静かな環境で、心ゆくまで念仏をお唱えしよう」と思われる。山寺に向かうに当たり、もしかしたら、これが娘たちとの最後の対面になるかもしれない、という予感もあったので、二人の姫君に対し、自分の亡き後のことを、遺言のようにして、お話しになった。

「この世の習いとして、人の命が尽きるのは、どうしても避けられない宿命です。私もまた、その運命を免れることはできません。死別の衝撃は、その悲しさを慰めるよすががあれば、乗り越えられます。そなたたちも、物心がついてからこのかた、母上のいない寂しさに苦しんだだろうけれども、父親である私が存命であったから、何とか、これまでは生きてこられたのだと思う。その父親である私も、まもなくこの世を去ることになる。

それなのに、そなたたちの面倒を見てくれる、信用の置ける後見人に、あとを託すこともできない。経済的にも心理的にも、心もとない暮らしをしているそなたたちを、たった二人でこの世に残し、見捨ててしまうかのようにして、この世を去らねばならない。私は、悲しくてたまらない。

けれども、そなたたちへの愛情が煩悩となって、臨終に際して私の心が乱れ、極楽往生することができず、八千年もの間、輪廻転生《りんねてんしょう》を繰り返しながら無明長夜《むみょうじょうや》の闇に惑い続けるのは、まったくもって、つまらないことです。

考えてみれば、私は、生きている時ですら、そなたたちにきちんとした暮らしをさせてあげられず、見捨てているのと同じことでした。ですから、私が亡くなった後、そなたたちがどんな苦境に遭遇するかわかりませんが、私は一切責任を負《お》うことはできません。二親《ふたおや》に先立たれるそなたたちに、言い残すことがあるから、よくお聞きなさい。軽薄な心で言い寄ってくる男に騙されるようなことがあれば、父親である私にとって不名誉であるだけでなく、亡き母上の不名誉でもあるのだよ。

本当に信用のできる男性ではない、信頼できない男の誘いに乗って、この宇治の山里を離れて、ふらふらとさまよい出ることは、絶対にしていけませんよ。

『自分たちには、母親がいない。父親も、しっかりしていない。幼くして都に住めなくなって、宇治の山里に移ってきた。その父親も、まもなく死のうとしている。ここまで自分たちが不幸であるのは、前世から決まっていた宿命であり、前世からの因縁だったのだ。自分たちは、ほかの人たちとは違って、不幸な定めのもとに生まれてきた人間なのだ』と、悟ってほしい。そして、『この宇治の山里で、一生を終えよう』と、強く覚悟してくだされ。人間は、どんなに辛《つら》い一生であっても、今の暮らしが自分のすべてなのだと、ひたすらそのことだけに集中してやり過ごせば、それほど苦しい思いなどはせず、あっという間《ま》に、年月《としつき》は過ぎてゆくものです。この私が、そうでした。都の屋敷が火事で焼けた後、宇治に移り住んだのですが、今日まで、本当に、あっという間でした。

何かと付き合いの多い、男の私ですら、都での暮らしを忘れ、世間との交わりを断ちきり、これまで生きてこられました。まして、そなたたちは女性ですから、世間との交際をきっぱりと断ち切ることは、容易でしょう。今の暮らしがどんなに辛《つら》くても、その暮らしに我慢して、山里に籠もり続けるのが、よいと思います。なまじっか世間との付き合いを始めたりすると、他人様《ひとさま》から、聞いていて不愉快な悪口を言われたりします。そうならないように、してください」。

八の宮は、二人の娘を前にして、このように、人生最後の教訓を語ったのだった。

［宣長説］

「堪《た》へ籠《こ》もりて」の『湖月抄』の本文は「たえこもりて」とある。「絶《た》え籠《こ》もる」であろう（世間との関係を断って籠もる）。ところが、『湖月抄』の頭注には「たへこもりて」とあり、「堪《た》へ籠もる」（我慢して籠もる）と解釈されている。宣長は、「たえ」「たへ」両方の本文を知っていたが、どちらか一方に賛成していない。

［評］　『岷江入楚《みんごうにっそ》』には、この八の宮の遺言に関して、「この教訓は、悪《あ》しかりしなり。大君の、この心をもちて、薫へもつれなかりしは悪しきなり」という重要な指摘がある。『湖月抄』は、なぜか、この説を採用していない。

八の宮の遺言は、「おぼろけのよすがならで」という点に眼目がある。薫のように、信用の置ける男であれば、その誘いを受けてもよい。けれども、好色な男たちの甘言に騙されてはならない。ただし、そのことを明言しなかった。だから、総角巻では、大君のかたくななまでの薫拒否が続いた。

若紫巻では、光源氏は北山に赴き、北山の僧都と、僧都の妹の孫である紫の上と出会い、結ばれた。山には高僧が住んでおり、これからどのように生きてゆけばよいのかわからない若者が、山奥で高僧の膝下で育った女性と出会い、結婚する、というパターンである。

薫は、山里の宇治で、「俗聖《ぞくひじり》＝優婆塞《うばそく》」の八の宮と出会う。彼には二人の娘がいたが、結局、どちらとも結ばれなかった。

この人間関係は、夢浮橋巻で、またしても出現する。比叡山で学問に励む横《よ》川《かわ》の僧都と、小野の山里に住む浮舟。そこを薫が訪れる、というパターンである。紫式部は、この人間関係によほど執着していたのだろう。

紫式部は、心の底から尊敬できる「師」と、出会えなかったのではないか。

46―5　八の宮、山寺で逝去する……父の最期を看取れなかった娘たち

八の宮は、阿闍梨の山寺で念仏していたが、体調が優れず、とうとう逝去した。最期を

看取《みと》れなかった娘たちの嘆きは深い。

46―5―1　八の宮の発病と、阿闍梨の助言……文学と宗教の違い

八の宮は、心弱く、死ぬ前に娘たちともう一度逢っておきたいと思う。それを見守る阿闍梨は、心を強く持って、娘たちの存在を忘れるように、と諭す。阿闍梨から見れば、人間は死ぬ時は自分一人であり、死は個人で向き合い、解決すべき難題だからである。

人間的な情愛を断ち切ることの難しさを、痛感させられる場面である。どうしても断ち切れないと思い知った時に、文学（物語）の役割が立ち上がってくる。

『湖月抄』の本文と傍注

かの行《おこな》ひ給ふ三昧《ざんまい》（念仏三昧也）、「今日（山籠りの念仏也）、果《は》てぬらん（姫君達の思ひやり給ふ心也）」と、いつしかと、待

ち聞こえ給ふ夕暮に、人参りて（八宮より御使也）、「今朝《けさ》より、悩ましうてなん、え参らぬ。風邪《かぜ》かとて、とかく繕《つくろ》ふと、ものするほどになん（風気かとて、とかくこころみるほどにと也）。さるは、例よりも対面《たいめん》、心もとなきを」と、聞こえ給へり。

胸つぶれて（姫君達也）、「いかなるにか」と、おぼし嘆き、御衣《ぞ》ども、綿《わた》厚《あつ》くて、急ぎ、せさせ給ひて、奉《たてまつ》れなどし給ふ。

二三日《ふつかみか》は、下《お》り給はず。「いかに、いかに」（姫君より御とぶらひ也）と、人奉り給へど、「殊《こと》に、おどろおどろしくはあらず（八宮の御返事也）、そこはかとなく苦しうなん。少しも良《よ》ろしうならば、今、念じて（心をとりなほして、おり給はんと也）」など、言葉にて、聞こえ給ふ。

阿闍梨《あざり》、つと、《阿闍梨看病し給ふ也》候《さぶら》ひて、仕《つかうまつ》りけり。「《阿闍梨の申す詞也》はかなき御悩みと見ゆれど、限りのたびにもおはしますらん。君達《姫君達也》の御事、何か、《御心、なとどめ給ひそと也》おぼし嘆くべき。人は皆、御宿世《すくせ》といふもの、異々《ことごと》《各別と也》なれば、御心《みこころ》にかかるべきにも《さして御案じあるべからずと也》おはしまさず」と、いよいよ、おぼし離《はな》るべきことを、聞こえ知らせつつ、「今さらに、な出《い》で給ひそ」と、諫《いさ》め申すなりけり。

［湖月訳］

宇治の山荘では、阿闍梨の寺に籠もっている八の宮の帰宅を、今か今かと待っていた。

「今日あたり、念仏三昧《ねんぶつざんまい》が終わって、父上がお戻りになるではないかしら」と、姫君たちが待ちわびていたところ、日が暮れる頃になって、寺から、八の宮の使いの者がやって来た。「これから帰る」という連絡ではなかった。「今朝から、突然、具合が悪くなった。とてもだが、山からは下りられない。家にも戻れない。風邪《かぜ》だろうかと思って、いろいろと治療を試みているところだ。それにしても、今日は、いつにも増して、そなたたちに逢いたくてたまらない」という言伝《ことづて》だった。手紙を書くのも、ままならないのだろうか。

その言伝を聞くなり、姫君たちは、驚きと不安で、胸が締めつけられる。「父上は、どうなさったのだろうか」と心配して、少しでも暖かく過ごせるように、綿をたくさん入れた衣服を急いで裁縫させて、山にお届けなさる。

その後、二、三日経《た》ったけれども、まだ、宮は山から戻ってこられない。「今日の具合は、いかがでしょうか」「いかがですか」と、姫君たちは、何度も人を遣わして、宮の容態をお尋ねする。返事は、またしても口頭の言伝《ことづて》だった。「それほどひどく苦しいというわけではないのだよ。どこが、特別に苦しいということはないのだけれども、体全体が苦しくてたまらないのだ。少しでも良くなって、体調が快復したならば、無理をしてでも山を下りて、そなたたちの待つ家に戻ろう」。

山寺では、阿闍梨が、八の宮のそばに付《つ》きっきりで、看病していた。阿闍梨は、宮が山荘に戻りたがっている様子を見て、強くお諫め申し上げる。

「それほど重くはない病のようにも見えますが、もしかしたら、最期《さいご》の時が近づいているのかもしれませんな。姫君たちのことは、あなたがいくら心配しても、どうすることもできるものではありませんから、どうして、思い嘆くことがありましょうや。頭の中から、娘さんたちの存在を消してしまいなさい。人間には、その人、その人が持って生まれてきた宿世《すくせ》というものがあります。親がどんなに心配しても、娘の人生が良くなるものではなく、親がまったく顧みなくとも、娘が幸せになることもあるでしょう。親の側の思いと、子どもたちの幸不幸は、別次元のものなのです。余計な心配など、なさらないほうがよろしいです」。

阿闍梨の言葉は、いかにも仏道修行者らしい、厳しい口調ですね。阿闍梨は、このように諭し、娘たちだけでなく、あらゆるものへの執着を捨て去るようにと、宮に教え聞かせています。「よいですか。この山寺を下りてはなりません。この寺で、最期の瞬間を、心静かにお迎えなされ」と励まし続けています。ややもすれば、「家に戻りたい、姫君たちの顔を見たい」という煩悩に苦しんでいる八の宮を、正しい臨終へと、導いてくれているようです。

［宣長説］

特になし。ただし、宣長が所持していた『湖月抄』の版本には、『湖月抄』が引用しなかった古注釈書の諸説で、宣長が関心を持った内容を書き加えてある。

「三昧」「わたあつくて」「ことごとなれば」、などである。

［評］　私が『源氏物語』研究に志した最初期に書いた論文が、「病」についてだった。そこでは、「おどろおどろしからぬ病」「おどろおどろしくはあらぬ病」が、『源氏物語』においては確実な死に到る重病であることを論じた。

46―5―2　父の死の知らせを聞く娘たち……やり場のない悲しみ

宇治の山荘で、八の宮の無事の帰宅を待つ姫君たちの願いは、かなわなかった。父の死の知らせが届き、唯一の家族を喪った姫君たちの悲しみは大きかった。

〔『湖月抄』の本文と傍注〕

八月二十日《はづきはつか》のほどなりけり。大方《おほかた》の空の気色《けしき》も、いとどしき頃、君達《きんだち》は、朝夕霧《あさゆふきり》の晴《は》るる間《ま》もなく、おぼし嘆きつつ眺め給ふ。有明《ありあけ》の月の、いと華やかに差し出《い》でて、水の面《おもて》も、さやかに澄みたるを、そなた（この寺の方なり）の蔀《しとみ》上《あ》げさせて、見出《い》だし給へる（姫君達）に、鐘の声、かすかに響きて、「明《あ》けぬなり」と聞こゆるほどに、人（人々イ）来《き》て、「この夜中《よなか》ばかりになん、失《う》せ給ひぬる」（八宮薨じ給へりと也）と、泣く泣く申す。

心《姫君達》にかけて、「いかに」とは、絶えず思ひ聞こえ給へれど、うち聞き給ふには、あさましく、もの覚えぬ心地《ここち》して、いとど、かかることに、涙もいづちか去《い》にけん、ただ、うつぶし臥《ふ》し給へり。いみじきことも《姫君達の心を草子地にいへり》、見る目の前にて、おぼつかなから《あつかひ給ひてのうへは是非なしと也》ぬこそ、常のことなれ、おぼつかなさ添ひて《山寺におはしながらなれば也》、おぼし嘆くこと、理《ことわり》なり。暫《しば》しにても、後《おく》れ奉りて、世にあるべきものと、おぼし慣《な》らはぬ御心地《みここち》どもにて、「いかでかは後《おく》れじ」と、泣き沈み給へど、限りある道《尤も哀れ也》なりければ、何《なに》の甲斐《かひ》なし。

［湖月訳］

それは、八月の二十日の頃だった。晩秋のことゆえ、都はもちろん、宇治の山里でも、見上げる人の心を悲しくさせる空模様が広がっている。あちらこちら、野にも山にも朝霧や夕霧が立ちこめているが、大君と中の君の姉妹も、心の霧が晴れることなく、いぶかしい気持ちで、父宮のお帰りを待ちながら、嘆き明かしていらっしゃった。

父の体調が心配で、よく眠れないので、朝早く起き出すと、有明の月が、とても明るく空に懸かり、宇治川の水面《みなも》も澄明に輝いている。姫君たちは、父宮が留《とど》まっておられる山寺の方角の蔀《しとみ》を上《あ》げさせ、そちらの方を見上げておられる。そのうち、山寺の鐘が鳴る音が、かすかに聞こえてきた。「夜が明けたのだな」とお思いになる。すると、山寺から使いの者が来て、「この夜中頃《よなか》でした。八の宮は、お亡《な》くなりになりました」と、泣きじゃくりながら告げるではないか。

姫君たちは、ずっと病気の八の宮のことを心配しつづけていましたので、ある程度の覚悟がなかったわけではありません。けれども、いざ、現実問題として、父君の逝去の報に接すると、あまりの驚きに、分別など吹き飛んでしまわれました。あまりの悲しさに直面した人は、涙を流すことさえ忘れてしまうもののようです。杜甫の詩に、「驚き定まつて、還《また》、涙を拭《ぬぐ》ふ」とあります。これは、嬉し涙が極まった時を歌ったものですが、悲しい涙でも同様です。あまりに驚いた時には涙はこぼれず、心が静まってはじめて悲しみを覚え、泣き始め、涙もこぼれそめるのです。姫君たちは、泣くことさえも忘れ、ひたすら俯《うつぶ》し臥《ふ》して、身悶《みもだ》えなさっています。

愛する人と死別するのは、悲しいことです。けれども、普通の場合には、愛する人の臨終に立ち合って、亡くなる間際《まぎわ》まで、さまざまな処置をしてあげて、その上での死別となるものです。このたびは、山寺と山荘に別れていましたので、姫君たちは父宮の死に目に立ち合えませんでした。だからこそ、姫君たちの混乱と嘆きの大きさは、当然のことと言えるでしょう。

姫君はお二人とも、父宮に先立たれたならば、自分もすぐに後を追うつもりでした。父宮のおられない世の中で生きてゆくことなど、想像もできませんでしたので。お二人は、「私も、父上と一緒に死んでしまいたい」と泣き沈んでいましたが、持って生まれた運命は、姫君たちに、まだ生きるようにと命じていました。いくら死にたいと泣いても、無駄なことだったのです。

私も横で、お二人の嘆きぶりを見ていましたが、まことに哀れでありました。

［宣長説］

特になし。ただし、宣長所持の『湖月抄』には、『湖月抄』が引用しなかった古注釈書の説を、書き写している。それは『河海抄』の説である。「哭」という漢字の用例を二例ほど挙げた後、「哭は、泣けども涙おちざる心なり。歎きの切《せち》なる時、涙下《くだ》らずと言へり」という箇所を、宣長は書き抜いている。

［評］　宮沢賢治の「無声慟哭」も、同じことだろう。

さて、宗教者の阿闍梨は、「亡き父宮の遺骸と、葬儀の前に対面したい」という姫君たちの願いも、厳しく拒絶している。宗教の非情さと、その厳しさに耐えられなかった八の宮（と娘たち）の弱さとが、対照的である。

八の宮を敬慕していた薫も、八の宮の逝去を深く悲しんだ。「法《のり》の友」だった八の宮と薫の関係は、世代を超えた「友情」と言えるのではないだろうか。

自分の出生の秘密を知り、仏教に心を寄せている薫は、阿闍梨が求めるような「宗教の厳しさ」に耐えられるのだろうか。結局は、太政大臣として、天皇――それが、匂宮である可能性もある――を輔佐する重臣への道を、本人は嫌々ながらの演技をしつつ、内心は満更でもなく、歩み続けるのではないか。

もしも薫が大君と結婚したならば、どうなっただろうか。『伊勢物語』の在原業平は、年上の紀有常《ありつね》と「友情」で結ばれていた。業平の妻は、親友の紀有常の娘である。

紀有常の娘は、幼なじみの業平を心から愛し、その留守中も、たとえ夫が他の女性に心を移しても、従順、健気《けなげ》に、彼の帰還を待ち続ける女性だった。大君の性格は、まことに不思議である。紀有常の娘とは、まったく似ていない。物語は、男と女の恋愛を通して、幸福と不幸を探究する文学ジャンルである。にもかかわらず、大君は、男と女の恋愛ができない宿命を持っていた。彼女が生きている限り、恋愛物語は、作動しない。ここに、まことに奇妙な物語——物語ならざる物語——として、総角巻が書かれることになる。

47 総角《あげまき》巻を読む

47―1 巻名の由来、年立、この巻の内容

『湖月抄』は、「巻の名は、歌、幷《ならび》に詞《ことば》を以て、これを号す」とする。薫が詠んだ歌に、「総角《あげまき》に長き契りを結びこめ同じ所によりも合はなん」とある。詞（散文）には、「総角《あげまき》を戯《たはぶ》れに取りなししも」とある。

「総角《あげまき》」には、少年の髪形という意味と、紐の装飾的な結び方（総角《あげまき》結び、揚巻《あげまき》結び）という意味の二つがあるが、ここでは後者である。

薫の歌は、催馬楽《さいばら》「総角《あげまき》」を踏まえるが、催馬楽では「角総」とも表記されることから、『湖月抄』は、巻名を「角総」としている。

薫の年齢は、『湖月抄』では、二十三歳の秋から冬まで。宣長説では、二十四歳の秋か

ら冬まで。

この巻で、薫は大君に三度接近して夜を明かすが、大君は三度とも拒否の姿勢を貫く。その大君は、薫が、妹の中の君と結婚することを、望んでいる。思いあまった薫は、親友の匂宮と中の君を結び付ける。匂宮は、公私にわたって多忙なので、中の君を愛しつつも、宇治まで頻繁に足を運ぶことができない。中の君が匂宮から忘れられたと思い込んだ大君は、絶望して死去する。薫の嘆きは、大きい。

薫と大君との関係は、夕霧巻の、夕霧と落葉の宮との関係とも似る。ただし、最後まで二人の関係が成立しない点が、宇治十帖の特質である。

大君は、「男と女の恋愛をテーマとする」物語文学にとって、ヒロインになり得ないヒロインだった。あるいは、ヒロインになることを拒否するアンチヒロインだった。

47―2　「総角《あげまき》」の歌……結びつかない男と女の心

八の宮の一周忌が近づいてきた。薫は、大君に、自分の恋心を訴える。古歌をちりばめながら文章が書かれているが、『古今和歌集』の仮名序で、「男と女の仲を和《やわ》らげる」とされた和歌の機能が、薫と大君の間ではまったく作動していない。そのことが、読者には強く印象づけられる。

大君は、「和歌による恋愛の成就」を眼目とする物語文学にとって、言わば「絶対零度」のヒロインだった。

［『湖月抄』の本文と傍注］

名香《みやうがう》の糸、引き乱《みだ》りて、「〽かくても経《へ》ぬる」など、うち語らひ給ふほどなりけり《姫君達かくいひて、うちかたらひ給ふ折ふしなり》。結《むす》び上《あ》げたるたたりの、簾《すだれ》の端《つま》より、几帳《きちやう》の綻《ほころ》びに透《す》きて見えければ、《名香の用意をせらるるよと薫の心得給ふ也》そのことと心得て、「〽我が泪《なみだ》をば玉に貫《ぬ》かなん」と、うち誦《ず》んじ給へる、「伊勢《いせ》の御《ご》も、かうこそはありけめ」と、をかしう聞こゆるも、内の人《姫君也》は、聞き知り顔に、さし答へ給《いら》はんも、慎《つつ》ましくて、「『〽ものとはなしに』とか、貫之《つらゆき》がこの世ながらの別れをだに、心細き筋《すぢ》に引きかけけんを」など、げに、古言《ふること》《貫之がよみしも、げにと也》ぞ、人の心をのぶるたよりなりけるを、思ひ出《い》で給ふ。

御願文《ぐわんもん》《薫のつくり給へるなるべし》作り、経仏《きやうほとけ》供養《くやう》ぜらるべき心ばへなど、書き出《い》で給へる硯《すずり》のついでに、客人《まらうと》、

総角《あげまき》《薫の歌也》に長き契りを結びこめ同じ所によりも合《心イ》はなん《あげまきの君と、この歌より大君をいへり》

と書きて、見せ奉り給へば、「例の」《大君の心也　懸想をほのめかす心あれば也》と、うるさければ、

大君　貫《ぬ》きもあへずもろき涙の玉《たま》の緒《を》に長き契りをいかが結ばん

とあれば、「あは《へ》ずは何《なに》を」と、恨めしげに眺め給ふ。

［湖月訳］

八の宮の一周忌の法要の細々《こまごま》とした準備は、世事に疎《うと》い姫君たちに代わって、薫が中心となって差配《さはい》している。宇治を訪れた薫は、姫君たちに挨拶した。

姫君たちは、その時、自分たちにできる仕事として、忙しく「名香《みょうごう》の糸」を飾り付けたり、うまくゆかなかったものをやり直すために取り払ったりしている最中だった。「名香の糸」というのは、仏様に供える香《こう》を、紙に包んで、五色の糸で飾ったものである。または、その香を供えた机の四方を、五色の糸で飾り付けることだ、とも言われる。

姉妹は、糸を飾りながら、しみじみ語り合っていた。「確か、『古今和歌集』には、『身を憂《う》しと思ふに消えぬものなればかくても経《へ》ぬる世にこそありけれ』（読み人知らず）という歌がありますね。『経《へ》ぬる』は、『綜《へ》ぬる』（糸を伸ばす）の掛詞です。父上が亡くなったら、私たちは一瞬たりとも生きてゆけないと思っていましたが、こういうふうに、糸の飾り付けをしながら、何とか、一年間、生きて来《こ》られたのですね」。

姫君たちは、簾《すだれ》の向こう側にいるのだが、薫の目には、名香の糸を繰り合わせる「たたり」（糸繰り台）が、簾の端《はし》から、几帳の綻びを通して、ちらっと見えた。それで、薫は、姫君たちが、糸を繰り合わせる作業をしているのだ、と見て取った。

薫は、姫君たちの耳に聞こえるように、「我が泪《なみだ》をば玉に貫《ぬ》かなん」と口ずさんだ。これは、『古今和歌集』を代表する女性歌人、伊勢《いせ》の御《ご》が、女房としてお仕えしていた七条の后（宇多天皇の中宮だった藤原温子）がお亡くなりになった時に詠んだ歌の一節である。「縒《よ》り合はせて泣くなる声を糸にして我が泪《なみだ》をば玉に貫《ぬ》かなん」。

簾の内側で、薫の言葉を聞いた姫君たちは、「なるほど。伊勢の御《ご》も、さぞかし、私たちと同じ悲しさを味わっていたのだろう」と、面白くお感じになる。けれども、「私たちも、『古今和歌集』の伊勢の御《ご》の歌を知っていますわ」と言わんばかりの返事をするのは嗜《たしな》みがない、と遠慮して黙っておられる。

心の中で、姫君たちは、「『古今和歌集』には、紀貫之の、『糸に縒《よ》るものとはなしに（「ものならなくに」とも）別《わか》れ路《ぢ》の心細くも思ほゆるかな』という歌がある。これも、人と別れることの悲しさを詠んでいる。ただし、貫之の歌は、生きている人との別れである。それでも、ひどく心細いものだと、『糸』の縁語を用いながら、貫之は歌っている。私たちは、父上と死別したのだから、もっと悲しい気持ちになるのも道理だ」、「なるほど、古い歌には、悲しみで塞《ふさ》がれた人の心を、解きほぐす力があるのだ」などと、思っておられる。

薫は、亡き八の宮の一周忌のために、立派な漢文で、願文《がんもん》をお作りになって、清書なさる。『菅家文草《かんけぶんそう》』や『本朝文粋《ほんちょうもんずい》』にはたくさんの願文が載っているが、そこには、「作善《さぜん》」と言って、何々のお経をいくつ、何々の仏像をいくつ、奉納いたします、などという内容が書かれている。薫は、その清書をしていた硯《すずり》を使って、大君への歌をお書きになる。

　総角《あげまき》に長き契りを結びこめ同じ所によりも合はなん

　（あなたが結んでおられた名香の総角結《あげまきむす》びは、美しい結び目が印象的です。この総角結びは、何度も同じところに結び目が巡ってくるのが特徴です。また、催馬楽《さいばら》の「総角《あげまき》」には、「転《まろ》びあひけり」「か寄《よ》りあひけり」という歌詞があります。私とあなたも、この総角結びのように、そして、催馬楽「総角」の歌詞のように、幸福な結ばれ方をして、いついつまでも、一緒に仲良く暮らしてゆければと願っています。）

このように薫が書いてお見せしたので、大君は、「いつものように、私の苦手な恋愛をほのめかしていらっしゃる」と、厄介《やっかい》に思い、そっけなく返事なさった。

貫《ぬ》きもあへずもろき涙の玉の緒《を》に長き契りをいかが結ばん

（あなたは、先ほど、「我が泪《なみだ》をば玉に貫《ぬ》かなん」という伊勢の御《ご》の歌を口ずさみました。私は、父上が亡くなった後、もろい涙が流れ続けていまして、命もあやうく感じられるほどです。このもろい涙を、どうして糸で貫《つらぬ》き止めることなどできましょう。私のはかない命で、あなたとの長い契りを結ぶことなど、できはしません。）

この歌を示された薫は、がっかりして、「あはずは何《なに》を」と、恨めしく思うと同時に、大君への好意を袖にされて、しょんぼりなさる。この言葉は、「片糸《かたいと》をこなたかなたに縒《よ》りかけてあはずは何を玉《たま》の緒《を》にせん」（『古今和歌集』読み人知らず）という歌の一節で、恋しい人と結ばれなくては、とても生きていられない、という意味である。

［宣長説］

宣長は三つ、指摘している。

第一に、机の四つの角に結び付けた紐を、「名香の糸」と呼ぶはずはない。

第二に、和歌の縁語が、多用されているという指摘。「へぬる」「ほそき」などは、「糸」の縁語である。宣長は、桐壺巻から、この指摘を繰り返している。和歌の技法が散文の中に浸潤している、歌の心が物語の散文を生み出している、という言語観である。

第三に、直接話法が、なしくずしに間接話法になってしまうことを認めず、直接話法として一貫させたい、という指摘。「心を伸ぶるたよりなりけるを」は、「心を伸ぶるたよりなりけると」とあるべきだ、と言っている。

[評]　この場面には、「糸をめぐる名歌アンソロジー」の趣がある。

薫は大君と、美しい結び目を作りたいと願っている。けれども、大君には、自分が誰かと結ばれたいという意思は皆無だった。

結局、薫は、大君との結び目を作ることに失敗する。大君の死後は、匂宮の妻となっている中の君と結び目を作ろうとして、これも拒否される。最後に、浮舟を愛人としたが、薫の心の中は亡き大君の代償が浮舟なので、浮舟とは厳密な意味で、心の結び目ができていない。すると、匂宮・浮舟・薫の「三角関係」という、乱れた結び目が出来上がった。

人と人とが美しく結び合わされること。すなわち、「調和」と「平和」が『湖月抄』の祈りであるが、薫は、その祈りを叶えられないでいる。

47―3　薫の大君への最初の接近……実事なき語らい

大君に仕える女房たちは、薫の人柄と身分、さらには財力に惹かれ、大君と薫が結ばれることを願っている。だから、薫のために協力を惜しまない。言わば「四面楚歌《しめんそか》」の状況にあって、大君は、女房たちの協力で部屋の中に侵入してきた薫を拒み通し、朝を迎えた。

〔『湖月抄』の本文と傍注〕

秋の夜《よ》の気配《けはひ》は、かからぬ所だに、おのづから、あはれ多かるを、まして、峰の嵐も、籬《まがき》の虫も、心細げにのみ聞き渡さる。常なき世の御物語に、時々、さし答《いら》へ給へるさま、いと見所《みどころ》多く、目やすし。いぎたなかりつる人々は、「かう、なりけり」と、気色《けしき》取りて、皆、入《い》りぬ。

宮（八宮也）のたまひしさまなど（大君の心也）、おぼし出《い》づるに、「げに、ながへば、心の外《ほか》に、かく、あるまじきことも見るべきわざにこそは」と、もののみ悲しうて、水の音《おと》に流れ《泪也》添ふ心地《ここち》し給ふ。はかなく、明《あ》け方《がた》になりにけり。御供《とも》の人々、起きて、声《こわ》づくり、馬どもの嘶《いば》ゆるをも、旅の宿りのあるやうなど、《薫の心也　駅路のさまを聞き置きしもかうこそはと思ひ遣り給ふ也》人の語るをおぼしやられて、をかしうおぼさる。光見えつる方《かた》の障子《さうじ》を、押《お》し開《あ》け給ひて、空のあはれなるを、もろともに《大君と薫と也》見給ふ。女も、少しゐざり出《い》で給へるに、程《ほど》もなき軒の近さなれば、忍《しの》ぶの露も、漸《やうや》う、光《ひかり》見えもて行《ゆ》く。互《かた》みに、いと艶《えん》なるさま・かたちどもを、「何《なに》とは《薫の詞也》なくて、ただ、かやうに、月をも花をも、同じ心にもてあそび、はかなき世のありさまを聞こえ合はせてなん、過《す》ぐさまほしき」と、いと懐《なつ》かしきさまして、語らひ聞こえ給へば、漸《やうや》う《大君の心也》、恐ろしさも慰みて《大君の心も、とけ給ふ也》、「かう《大君の詞》、いと、はしたなからで《かやうに直面（ひたおもて）にはなくてと也》、物隔《へだ》てなど聞こえば、まことに、心の隔ては、さらにあるまじくなん」と、答《いら》へ給ふ。

［湖月訳］

秋の夜の情緒は、こういう所でなくとも、哀れ深く感じられるものである。まして、ここは、宇治の山里。峰から吹き下ろしてくる嵐の音も、庭の垣根で鳴いている虫の声も、すべてが心細く聞こえる。

そういう情緒の中で、薫は大君に、この世の無常について、お話しなさる。すると、ほとんど無言を通していた大君も、この話題にだけは反応して、時折、お返事なさる。その様子は、まことに素晴らしく、これと言った欠点がない女性だと、薫には思われる。

高齢のためもあってか、早く眠りたがっていた女房たちは、「男君と姫君が、同じ部屋で一緒に夜を過ごすということは、男と女の関係になるに違いない。それは、とてもよいことだ」と察知して、二人に遠慮して気を利《き》かせ、皆が遠くに離れて行ったので、大君を守る者は誰もいない。

大君は、亡き八の宮が、常々言《つねづね》い置かれていた言葉を、心に沁《し》みて思い出す。「父上が私たちを心配しておられたのは、まことにもっともなことだった。父上が亡くなって、すぐに後《あと》を追わなかったものだから、自分をしっかり守ってくれる人もいなくなり、女房たちまでも、私を見捨てて、薫に協力している。父上が存命中には、思ってもみなかった嫌な事態に、直面してしまった」と、心の底から悲しくなる。宇治川の荒々しい水音と同じくらいに、自分の目から涙がこぼれ落ちるように感じられる。

漢詩人の大江朝綱《あさつな》が王昭君を詠んだ漢詩に、「辺風吹き断つ秋の心緒、隴水《ろうすい》流れ添ふ夜の涙行《るいかう》」（『和漢朗詠集』）とあります。宇治は都から離れた辺境の土地であり、風も水音も荒寥としており、大君の感じた悲しみは王昭君の悲しみにも匹敵していたことでしょう。

いつしか、明け方になっていたのだった。薫のお供をして来た者たちは起き出して、帰京を促すかのように咳払《せきばら》いなどをしている。馬も、いつでも出発できるように準備され、断《いな》いている。薫は、遠国へ旅する時には「宿駅《しゅくえき》」に泊まる、という話を何度か聞いたことがある。その宿駅は、こういう感じなのだろうか、と興味深く思われる。

たとえば、『白氏文集』の「生別離」という詩に、「征馬連《しきり》に断《いば》つて、行人出《かうじんい》づ」という旅立ちの歌があります。この漢詩などが、薫の脳裏をよぎったことでしょう。

光がほのかに漏れ入ってくる方向の襖《ふすま》を押し開いて、朝の空の情緒たっぷりな光景を、二人一緒に御覧になる。

女も、少しばかり、奥の方から、前にすさり出ていらっしゃる。この山荘は狭く、奥行きもないので、軒の忍ぶ草に宿っている露に、少しずつ明るくなってゆく日の光が反射するのが、美しく見える。

男も、女も、二人とも、優美な顔立ちをなさっている。その顔を互いに見交《か》わしながら、男は、心の中の思いを口にする。「昨夜は、私たちの間には何事も起きず、朝を迎えました。こういうふうに、男と女の関係というものではなくて、四季折々の月や花の美しさを、二人一緒に眺めたり、無常な世の中をどう生きたら良いのかを、率直に語り合ったりして、時を過ごしたいものですね」。

薫の言葉が、とても魅力的で、心を引きつけられる語り口なので、大君は、昨夜、薫が突然に部屋に入ってきて、情交を迫ろうとした時に感じた恐怖心も薄らいだ。それで、「そうですね。今の私たちのように、直接に、しかも、すぐ近くで、向かい合うというのではなく、少し距離を置いて、安心してお話ししてくださるのであれば、おっしゃるとおり、私たちの心のわだかまりは解消して、信頼関係が生まれてくるに違いありません」と、お答えなさる。

［宣長説］

大君が、男に対する「恐ろしさも慰みて」とある理由について、『湖月抄』は薫への警戒心や恐怖心がなくなったからだと言うが、そうではない。朝になったので、もう大丈夫だろう、と安心したのである。

宣長は、こう言うが、やはり、『湖月抄』のほうが、女心の機微を理解しているように、私は思う。

［評］　大君が薫との関係を拒否するのは、なぜなのだろう。少し、視点を変えて、もしも二人が結ばれたなら、どうなるかを考えてみよう。

光源氏は、男に対する警戒心を持たない紫の上と、葵巻で結ばれ、夫婦の関係となった。その後、紫の上は、光源氏の失脚による別離を体験した。女三の宮の降嫁による苦悩も体験した。その結果、男と女の関係は、人間を幸福にしない、という絶望感だけが残った。

宿木巻で、今上帝の女二の宮が、薫に降嫁する。もしも、大君が薫と結ばれ、なおかつ大君がその時まで生きていれば、紫の上が女三の宮の降嫁で苦しんだのと、まったく同じ絶望を抱くことになる。

作者である紫式部は、紫の上が人生の果てに辿り着いた結論を、大君の出発点として引き継がせたのではないだろうか。

47—4 大君、中の君と薫が結ばれることを願う……姉から妹へ

薫の一度目の侵入をやり過ごした大君は、薫には、妹の中の君の後見をしてほしい、できれば中の君と結婚してほしい、と願う。

〔『湖月抄』の本文と傍注〕

姫君（大君の心也）は、人の思ふらんのことの慎《つつ》ましきに、とみにも、うち臥《ふ》され給はで、「頼もしき人（父母なき身の心也）なくて、世を過《す》ぐす身の心憂《こころう》きを。ある人どもも、よからぬこと、何《なに》やかやと、付《つ》き付《づ》きに従ひつつ、言ひ出《い》づめるに、心より外《ほか》のこと、ありぬべき世なンめり」と、おぼし巡らすには、「この人（薫也）の御気配《けはひ》、ありさまの、疎《うと》ましくはあるまじく、故宮《こみや》（八宮也）も、『さやうなる心ばへあらば』と、折々《をりをり》、のたまひおぼすめりしかど、自《みづか》らは、なほ、かくて過《す》ぐしてん。我よりは、さま・かたちも盛りに、あたらしげなる中の君を、人並々《ひとなみなみ》に見なしたらんこそ、嬉しからめ。人の上《うへ》になしては、心の到らん限り、思ひ後《うし》ろ見《み》てん。大君の、自《みづか》らの上《うへ》のもてなしは、我が身は誰かうしろみんと也 また、誰《たれ》かは見扱《みあつか》はん。この人の御さまの、なのめに、うち紛《まぎ》れたるほどならば、かく、見馴れぬる年頃《としごろ》のしるしに、うちゆるぶ心のありぬべきを、恥《は》づかしげに、見えにくき気色《けしき》も、なかなか、いみじう慎《つつ》ましきに、我《わ》が世《よ》は、かくて過《す》ぐし果《は》ててん」と、思ひつづけて、音泣《ねな》きがちにて、明《あ》かし給へるに、名残《なごり》、いと悩ましければ、中の

君の臥《ふ》し給へる、奥の方《かた》に、添《そ》ひ臥《ふ》し給ふ。

［湖月訳］

大君は、女房たちが、自分をどう思っているだろうかと思うと、気恥ずかしくて、すぐには寝つくことができない。女房たちは、薫の手引きをして、彼を大君の寝所に導き入れた。自分と薫の「実事《じつじ》」がなされた、と思っているのだろうか。大君は、眠れないままに、考え続ける。

「私たち姉妹は、幼くして母親と死に別れ、一年前には父親とも死別した。身よりのない者は、辛《つら》い思いや情けない思いをしながら生きねばならないのだ。最も親身になって世話をしてくれるはずの女房たちですら、ああだこうだと自分たちの思惑で考えて、各自のそれぞれの縁故に繋がる男たちから持ち込まれる縁談を、取り次いでいるようだ。油断していると、女房たちの独断で、見知らぬ男が、いきなり寝室に入り込むという事態も起こりかねない」などと、思い巡らすのだった。昨夜の薫も、そうだった。そこから、大君の思いは、薫へと移ってゆく。

「この薫という人物だが、昨夜は、無体な振る舞いをせず、思いやりのある話し方をしていた。性格や容姿も、決して憎く思えるような男性ではない。亡き父上も、『この君――薫――が、もしも娘を妻として望むのであれば、許そう』と思っておられたようで、何度か、そのことを口にもされたようだ。

けれども、この私は、やはり、ずっとこのまま、男の人と結ばれることなく、一生を終えたいと、思っている。それよりも、妹には幸せな人生を生きてほしい。妹は、私よりも可愛らしく、器量も上である。このまま独身で終わらせてしまうのは、もったいない。妹を、人並みに結婚させてあげられたら、姉としてこんなに嬉しいことはない。妹が、誰か――たとえば、薫――の妻となったあとは、私は、自分にできることの限りを、妹のためにしてあげよう。私たちは、二人しかいない姉妹だから、姉である私の面倒を見てくれる者は、誰もいない。私が、妹の面倒を見るしかないのだ。

この薫という人物の人柄は、とても優れている。もしも、彼がもっと平凡な男性であったならば、最初に歌を詠み交《か》わしてから、もう二年も経《た》っているので、心のほどはよく理解できている。気やすくお付き合いをして、結婚するという成り行きになっても、決しておかしくはないだろう。ただし、薫という人物は、どこまでも立派すぎ、一緒にいると、気恥ずかしくて、親しい仲になるのがためらわれる、そんな雰囲気がある。よし、思い切った。私は、このまま独《ひと》り身《み》で、命を終えてしまおう」。このようなことを大君は考え続け、涙ぐみつつ、朝を迎えた。目が覚めてからも、気分が優れない。妹の中の君が横になっている奥の部屋まで入ってゆき、寝ている妹君の横で添い臥しなさった。

［宣長説］

特になし。ただし、宣長が所持していた『湖月抄』には、『湖月抄』が載せていない古注釈書の説が、書き込まれている。「我が世は、かくて過《す》ぐし果《は》ててん」の箇所に、『河海抄』からの引用で、「いざここに我が世は経《へ》なん菅原や伏見の里の荒れまくも惜し」（『古今和歌集』読み人知らず）という和歌を、書き記している。

［評］ 大君の薫に対する評価は、高いのか、低いのか。よくわからない。大君が薫との実事を拒むのは、なぜなのだろうか。拒むために拒む、としか思えない。作者が、大君にそのように考えさせ、行動させているのだ。

47—5　薫の大君への二度目の接近……妹を残して脱出する姉

八の宮の喪《も》が明けて、薫が宇治を訪れた。大君は薫の侵入を察知し、すべり出て逃れた。あとには何も知らない中の君が残された。薫は、中の君とも実事はなくて、朝を迎えた。

空蟬巻で、光源氏は空蟬の寝所に接近するが、彼女は逃れ、後には義理の娘である軒端《のきば》の荻《おぎ》が残された。光源氏は、空蟬のつれなさを嘆きつつ、軒端の荻と契った。

薫は、光源氏とは違う。

［『湖月抄』の本文と傍注］

中納言（薫の事也）は、一人臥《ふ》し給へるを、「心しけるにや」と、嬉しくて、心ときめきし給ふに、漸《やうや》う、「あらざりけり」（中君にて大君にあらずと見付け給ふ也）と見る。「今少し、うつくしく、らうたげなる気色《けしき》は、増《ま》さりてや」とおぼゆ。

あさましげに《中君のさま也》、あきれ惑《まど》ひ給へるを、「げに、心も知らざりけり《中君の世づかぬさまを見て薫の心也》」と見ゆれば、いと、いとほしくもあり、また、押し返して、隠れ給へらん《大君の隠れ給ふをつらしと薫の思ふ心也》つらさの、まめやかに心憂《こころう》く、妬《ねた》ければ、これをも《薫の心也》、余所《よそ》のものとは《中君の事を薫の思ふ也》、え思ひ離れまじけれど、なほ、本意《ほい》の違《たが》はん、口惜《くちを》しくて《大君への志をとげずは口をしき事也》、『うちつけに、浅かりけり』とも、おぼえ奉らじ。この一節《ひとふし》は、なほ、過ぐして《ただ今中君へは心をうつさじと也》、遂《つひ》に、宿《すく》世《せ》逃れずは、こなたざまにならんも、何《なに》かは、異人《ことひと》のやうにやは」と思ひ醒《さ》まして、例の、をかしく、懐《なつ》かしきさまに語らひて、明《あ》かし給ひつ。

老人《おいびと》どもは、「しそンじつ」と思ひて、「中の君は、いづこにか、おはしますらん。あやしきわざかな」と、たどり合へり。「さりとも、あるやうあらん」など、言ふ。「大方《おほかた》、例の、見奉るに、皺《しわ》伸《の》ぶる心地《ここち》して、めでたく、あはれに見まほしき御かたち、ありさまを、などて、いと、もて離れては聞こえ給ふらん。何《なに》か、これは。世の人の言ふめる、恐ろしき神ぞ、憑《つ》き奉りつらん」と、歯は、うち透《す》きて、愛敬《あいぎやう》なげに言ひなす女あり。

大君の薫に逢ひ給はぬを、し損じたると思ふ也
大君ののがれて中君にゆづり給ふ心をしらぬ
ゆゑに、かく思ふ也
しそんじたりとは思へど、さりながら子細あるべしとの心也
何事ぞ、これは、と世俗にいふ詞也
老人の歯の透きたるさま也

［湖月訳］

薫は、女房に導かれるまま、大君の寝室に入り込んだ。意外なことに、大君は、一人で寝ていた。薫は、「女房たちがうまく段取りして、妹の中の君には別の部屋で寝てもらったのだろう。大君は、私が寝室に入ってくることをわかったうえで、私と結ばれる決心を固めてくれたのかもしれない」と思うと、心がときめくような嬉しさを覚えた。

そのうち、手探りの感触や相手の雰囲気で、「いや、この女性は大君ではない。妹の中の君なのだ」と、わかった。薫の率直な印象では、「可愛らしくて、いじらしいという点では、姉君よりもこの妹君が増さっているのではないか」と思えたくらいである。

中の君が、突然に男に接近されて、あまりのことに驚きあわてている様子は、「ああ、この妹君は、まだ男性と夜を過ごしたことがないのだな」と思えるので、「自分の接近が彼女を混乱の極致に落とし入れてしまった。可哀想なことになった」と、反省される。

そのうち、自分を嫌うあまりに、この部屋から逃げ出した大君に対して、「恨めしい」と思う気持ちがこみ上げてきた。薫は、そこまで大君から嫌われる自分が、心底、情けなく、また、大君の仕打ちが癪《しゃく》にさわる。

薫は、こういう成り行きになったので、自分が、今、中の君と結ばれることの是非についても考える。姉と妹は一心同体なので、ここで中の君と結ばれても、自分が大君と結ばれるのと、同じようなことではある。

けれども、薫は、一時の心の迷いを、すぐに捨て去った。やはり、自分は、大君と深い関係になり、人生について率直に語り合いたいと、心から願っている。これは、私の本心であり、生きる目的でもある。やはり、大君と結ばれたいし、結ばれなかったなら、自分の持って生まれてきた運命を残念に思うだろう。薫は、なおも、あれこれと考え続ける。

「ここで、私が目の前にいる、可愛らしい中の君と関係すれば、すぐ近くで事の成り行きを見守っているに違いない大君から、『薫という男の、自分に対する愛情は、この程度の浅いものだったのだ』と、思われてしまうだろう。絶対に、そうは思われたくない。

今、この瞬間、私はどのように身を処すればよいのか。やはり、中の君と『実事』に及ぶことはせず、何事もなく、朝まで時間が経《た》つのをやり過ごそう。

今後、もしも、成り行きで、私が中の君と結ばれることになったとしても、それはそうなるべき宿縁があったからなので、私も中の君も納得できることだろう。

今、ここで、中の君と結ばれたとしたら、私が大君の代わりに中の君を愛したことになってしまう」と、冷静に考えた。それによって、自分の愛を拒絶した大君への辛《つら》さを、少しは冷却することができた。

これまで、薫は、中の君とは、男女の色恋抜きで、ごく自然に、普通の会話を交わしてきた。この夜も、ごく普通の口調で、思いやりがあり、思わず女性が心を引きつけられるような雰囲気で、語り明かした。

さて、年老いた女房たちである。彼女たちは、大君の幸せを思って、薫を寝室に導き入れたのだった。ところが、どうにも様子がおかしい。大君は、またしても、薫から逃れ去ったようである。「しくじってしまった」と、女房たちは気づいた。女房たちは、「ところで、中の君は、どちらにおいでなのでしょうか。見当たりませんね。おかしな成り行きです」などと、不審がっている。

女房たちは、「今夜、自分たちが薫の手引きをしたのが失敗だったとしても、最終的には、なるようになるでしょう。大君と薫は、結ばれるに決まっています」などと言っている。中でも、歳《とし》を取り過ぎて、歯がすかすかに抜けている女房は、愛想もなく、大君の心を、公然と批判する始末である。

「そもそも、この殿方が結婚相手になるか、ならないかという選択肢に直面している状況でなくても、いつも、目にしただけで心が伸びやかになって、笑いがこぼれ、皺だらけの自分の顔が若返るように思うのが、薫様の御容姿です。それほどに素晴らしく、感動的で、いつまでも見ていたいと思ってしまうのが、薫様です。それなのに、いったい、何ですか、大君の素《そ》っ気《け》ない態度は。世間では、『結婚すべき適齢期までに結婚しなかった女には、悪い魑魅魍魎《ちみもうりょう》が取り憑《つ》いて、その女の人生を狂わせる』と言われています。大君には、そういう悪い魔物が取り憑いているのかもしれません」。

この時、大君は、二十六歳でした。

【宣長説】

まず、宣長の指摘洩れから。「しそンじつ」は、現在は、「しそしつ」（「し過《そ》しつ」）と読み、「うまく、やり遂げた」という意味で解釈されている。『湖月抄』の「し損じつ」と正反対の解釈である。

このことを最初に指摘したのは、宣長の弟子の鈴木朖である。不思議なことに、宣長は、「しそンじつ」に反対していない。「湖月訳」で示したように、「し損じつ」でも、それなりの解釈ができるからだろう。

宣長は、『湖月抄』に対して、二点、批判している。

第一点。薫が、中の君を、「げに、心も知らざりけり」と思いやる箇所。『湖月抄』は、中の君が、まだ男性と関係しておらず、実事に関して不慣れであったことだ、と解釈している。宣長は、反対する。『湖月抄』は誤りで、今夜、薫が自分たちの寝室に侵入してくることなど、予想もしていなかった、と驚いているのである。

第二点。老女房が、「何か、これは」と、大君への批判を口にする箇所。『湖月抄』は、「何事ぞ、これは」と解釈しているが、違う。「その理由は、ほかにはありません。これこれの理由に決まっています」というニュアンスである、と宣長は言う。

第一点については、正篇で、光源氏が軒端の荻と契った時も、光源氏が朧月夜と契った時も、鬚黒が玉鬘と契った時も、「相手の女性には、これまで男女関係の体験がなかった」と、男はわかっている。薫と中の君は、実事に到らなかったけれども、中の君のそぶりから、まだ実事の体験がないと、薫が察知したという『湖月抄』の解釈には一理がある。ちなみに、薫の側は、自分と女三の宮に仕える女房たちの中に、「召人《めしうど》」(愛人)がいて、男女関係には通じている。

第二点については、微妙なニュアンスの相違であり、それほど大きな違いはない。

［評］　世間智に長《た》けた女房が不思議がるように、大君には、何か、憑き物が取り憑いているのだろうか。室町時代の御伽草子『鉢《はち》かづき』のヒロインは、頭に大きな鉢を被《かず》いている。この鉢があるために、彼女は「化物《ばけもの》」と見なされ、男たちの接近から免れ、身を守ることができた。女性が、自分を男女関係の発生から守るものとして、「鉢」があった。だからこそ、御曹子との結婚に際して、鉢がはずれ、落ちた。なおかつ、鉢の中から、財宝の数々が出現した。

大君の頭には、目に見えない、大きな「観念」があって、男女関係を防いでいるのだろう。それは、何なのか。

この夜が明けたあと、「明《あ》けにける光につきてぞ、壁の中の蟋蟀《きりぎりす》、這《は》ひ出《い》で給へる」という、秀逸な「草子地《そうしじ》」の表現がある。薫から逃げ続ける大君が、壁に張り付いた蟋蟀に喩えられている。

大君の思念は深刻だが、作者の筆致は自在である。紫式部の頭からは、既に、「光源氏」という絶対的な男性像の呪縛が、消滅している。

この後、薫は、匂宮を中の君のもとへ案内して、中の君と結び合わせることに成功する。ただし、自分自身は、大君への三度目の接近も、拒否される。その場面は、省略する。

47―6　中の君と結ばれた匂宮の思い……「宇治橋」の眺め

中の君は、匂宮と結ばれた。二人の心の中を、覗き込んでみよう。男と結ばれた中の君の気持ちを、男を拒否し続ける大君は、知る由《よし》もない。

［『湖月抄』の本文と傍注］

明《あ》け行《ゆ》くほどの空に、妻戸《つまど》押《お》し開《あ》け給ひて、もろともに、誘《いざな》ひ出《い》でて見給へば、（匂心）霧《き》りわたれるさま、所がらのあはれ、多く添《そ》ひて、例の、柴積《しばつ》む舟の、かすかに行《ゆ》き交《か》ふ跡《あと》の白波、

「目慣《めな》れずもある住まひのさまかな」と、色《いろ》なる御心《みこころ》には、をかしくおぼしなさる。

山《やま》の端《は》の光、漸《やうや》う見ゆるに、女君の御かたちの、真秀《まほ》に美しげにて、「限りなく傅《いつ》き据《す》ゑたらん姫君も（女一宮など也）、かばかりこそはおはすべかンめれ、思ひなし（后腹の思ひなしにやと也）の我が方《かた》ざまの、いといつくしきぞかし。こまやかなる匂ひなど、打《う》ち解《と》けて見まほしう」、なかなかなる心地《ここち》す。

水の音《おと》なひ、懐《なつ》かしからず、宇治橋の、いと、もの古《ふ》りて、見え渡さるるなど、霧《きり》晴れゆけば、いと荒《あら》ましき岸のわたりを、「かかる所に、いかで、年を経《へ》給ふらん」など、うち涙ぐまれ給へるを、「いと恥づかし」と、聞き給ふ。
男《匂宮の事也》の御さまの、限りなく艶《なま》めかしく、清《きよ》らにて、この世のみならず、契り頼め聞こえ給へば、「思ひ《中君の心也》寄らざりしこと」とは思ひながら、「なかなか、かの目馴れたりし中納言の恥づかしさよりは」と、おぼえ給ふ。

［湖月訳］

匂宮と中の君が実事を取り結んだ夜も、明るくなり始めた。男――匂宮――は、妻戸を押し開《あ》けて、一緒に外の景色を眺めようと、女に、部屋の奥から庭に近い方に出てくるようにと誘った。そして、二人並んで、周囲の景色を御覧になる。

ただでさえ一面に霧が立ちこめているのに、宇治という場所ゆえの感興がさまざまに加わっている。たとえば、宇治川には、柴《しば》を積んだ「宇治の柴舟」が、いつものように行き交《か》っている。舟が通り過ぎた跡《あと》には、「世の中を何《なに》に喩《たと》へん朝ぼらけ漕ぎ行《ゆ》く舟の跡《あと》の白波」（『拾遺和歌集』沙弥満誓《さみまんせい》）と詠まれた「跡の白波」が航跡を描いているのが、かすかに見え渡される。

匂宮は、「これまで見聞したことのない、住まいのありさまだな」と、面白くお感じになる。というのは、宮は恋愛の方面だけでなく、自然の美を愛《め》でる方面でも、多感だからである。

東の山から、徐々に朝日が差してきて、明るさを増してゆく。これまで、美しい女君たちを何人も見てこられた匂宮の目にも、明るい所で見る中の君のお顔は、完璧なまでに美しい。「親が天皇だったり大臣だったりして、これ以上はないほどに大切に育《はぐく》まれている深窓の姫君も、今、目の前にいる中の君と同じくらいの水準の美しさではないか。ご令嬢たちが、この中の君よりも美しいということは、ない。

たとえば、比類なき美貌であるという世評の高い女一の宮にしても、父親が今上帝、母親が明石の中宮という最高の血筋への配慮に加えて、私の妹であるという身贔屓《みびいき》から、最高に気品があって美しいと見えるのだろう。この中の君には、繊細な美しさがあり、洗練された華やかさもある。心の隔たりがないほどに深く慣れ親しみ、彼女の美しさを堪能したいものだ」とお思いになる。なまじっか、中の君と逢瀬を持って、そのたぐいまれな美貌を知ったがゆえに、これからは頻繁に逢えないことを残念に思われるのである。

それにしても、絶えず聞こえてくる宇治川の荒々しい流れの音は、匂宮の耳に心地良いものではない。宇治川に架かっている宇治橋は、たいそう古びているように、ここからは見える。立ちこめていた朝霧が少しずつ晴れてきたので、あたりの全景が見え始める。それは、荒寥とした岸辺だった。「こういう所で、あなたはどういうふうにして、これまで過ごしてこられたのですか。さぞかし、お寂しかったことでしょうね」と言いながら、匂宮は中の君に同情して、涙ぐんでしまわれる。中の君は、「こんな場所で育った自分が、心から恥ずかしい」と思いながら、聞いておられる。

匂宮の容姿は、これ以上は望めないほどの素晴らしさで、気品にあふれていらっしゃる。この世での永遠の愛を誓うだけでなく、来世でも一緒ですよと、固く約束なさる。中の君は、「自分は、匂宮とこのような深い関係になるとは、まったく予想もできなかった。思いもしなかった縁だった」と思う。その一方で、「いつも会っている薫は、会っていていつも気詰まりで、気骨が折れるというか、自然な気持ちで話ができない。こちらの匂宮とは、ごく自然に接していられる」などと、二人の男性を比較なさるのだった。

［宣長説］

「限りなく傅《いつ》き据《す》ゑたらん姫君も、かばかりこそはおはすべかンめれ」とある箇所を、『湖月抄』は、女一の宮を念頭に置いていると解釈しているが、これは誤りである。女一の宮ならば「姫宮」と言うはずで、ここには「姫君」とあるから、女一の宮を指すはずがない。

宣長は、こう述べて、「姫君」は特定の誰かを指しているのではない、と断言する。ところが、現在、この箇所は、「限りなく傅《いつ》き据ゑたらん姫宮も」という本文で読まれることが多い。宣長の『湖月抄』批判は、的をはずしている。

［評］ 大君は、妹を薫と結び付けたかった。「薫と中の君が幸福な夫婦になるのを、自分が支えたい」という構想力である。

中の君は、薫よりも、匂宮に心惹かれている。自分と匂宮の未来について、具体的にさまざまに構想していることだろう。

薫は、「中の君が匂宮と結ばれたならば、大君は自分と結ばれることを容認するだろう」と構想している。

三者三様の「構想」がぶつかり合い、その中から、思いもしなかったストーリーが姿を現してくる。それは、近代小説の世界に近づいている。

47―7　大君の匂宮批判……男性不信と、結婚への懐疑

匂宮は、愛する中の君と逢いたいあまり、宇治で紅葉狩りを催した。ただし、お供をしてきた者たちが多く、人目もあるので、匂宮は中の君の待つ山荘を訪れることができなかった。大君は、中の君が好色な匂宮から捨てられたと思い込み、激しく落胆する。

〔『湖月抄』の本文と傍注〕

かしこ《宇治宮也》には、過《す》ぎ給ひぬる気配《けはひ》を、遠《とほ》うなるまで聞こゆる先《さき》《車の》の声々《さきをおふこゑ也》、ただならず、おぼえ給ふ。心設《こころまう》けしつる人々《匂の御出(おいで)を下待ちし人々也》も、「いと口《くち》惜《を》し」と思へり。

姫君《大君也》は、まして、「なほ、音に聞く《へ》月草《つきくさ》の色なる御心《みこころ》なりけり。ほのかに、人の言ふを聞けば、男《をとこ》といふものは、空言《そらごと》をこそ、いとよくすなれ。『思はぬ人を、思ひ顔《がほ》に取りなす言《こと》の葉《は》多かるもの』と、この人数《ひとかず》ならぬ女ばらの、昔物語に言ふを、

『さる、なほなほしき中《なか》にこそは、けしからぬ心あるも、交《ま》じるらめ。何事も、筋異《すぢこと》なる際《きは》になりぬれば、人の聞き思ふこと慎《つつ》ましう、所狭《ところせ》かるべきもの』と思ひしは、さしもあるまじきわざなりけり。あだめき給へるやうに、故宮《こみや》《八宮也》も、聞き伝へ給ひて、かうやうに気近《けぢか》きほどまでは《匂宮を聟にとまではおぼさざりしと也》、おぼしよらざりしものを、あやしきまで心深《ふか》げにのたまひわたり、思ひの外《ほか》に見奉るにつけて《中君にあはせてと也》さへ、身《み》の憂《う》さを思ひ添《そ》ふるが、あぢきなくもあるかな。かう、見劣りする御心《みこころ》を、かつは、かの中《薫》納言も、いかに思ひ給ふらん。ここにも《この宮にさぶらふ人々の事也》、殊《こと》に恥づかしげなる人は、うち交《ま》じらねど、おのおの思ふらんが、人笑《ひとわら》へに、烏滸《をこ》がましきこと」と、思ひ乱れ給ふに、心地《大君の也》も違《たが》ひて、いと悩ましう、おぼえ給ふ。

［湖月訳］

匂宮は、中の君と逢うことを心から楽しみにしていたのだが、立場上、それができず、断腸の思いで、都へと戻ってゆかれる。

匂宮たちが宿った夕霧の別荘（宇治院）とは川向かいにある八の宮の山荘では、姫君たちが匂宮のお越しを心待ちにしていた。とても、穏やかな心境ではいらっしゃれない。匂宮の乗った牛車の先を追う、随身《ずいじん》たちの声が、次第に小さくなってゆくのを、残念に聞いておられる。宮のお出《い》でに備えて何かと準備していた人々も、「がっかりだ」と思っている。ことに、大君は、ひどく落胆し、思い詰めていらっしゃる。

「匂宮が宇治までやってきて、盛大な遊びを催したあげく、こちらに立ち寄りもしないで都に戻ってゆくとは、まことに見下げ果てたお心である。やはり、世間の人がたびたび噂しているように、お心が『月草《つきくさ》の色《いろ》』をしていて、好色で、移り気なお方なのだろう。『いで人は言《こと》のみぞ良《よ》き月草のうつし心《ごころ》は色異《こと》にして』（『古今和歌集』読み人知らず）という歌がある。月草（露草）で染めた縹色《はなだいろ》の衣は、日光に当たると変色しやすい。そのように、言葉だけは愛情たっぷりに聞こえるけれども、心はすぐに移ろってしまう男が、現実世界には存在するものだ。匂宮も、そうなのであろう。

この山荘に仕えている女房たちが話しているのを、聞くともなしに聞いていると、男というものは、いつわりごとを、まことらしく、口にする生き物であるそうだ。『好きでもない女に向かって、心から愛していますなどと、巧みに言葉を紡ぎだすのだ』と、この屋敷に仕えている年老いた女房たちが、昔、自分たちが体験したり見聞きした恋愛について、論評している。

これまでは、そういう話を聞いても、『女房たちが付き合うような、身分の低い男たちの中には、そういう碌《ろく》でもない男が何人か交《ま》じっているのではあろう。けれども、格別に身分の高い男に関して言えば、隠しようもなく、彼の言動が多くの人々の目や耳に触れるのだから、人目や人聞きを憚り、極端に悪いことなどできないだろう』と、思っていた。だが、それは、私の思い違いだった。匂宮のような、最高の身分の男ですら、平気で、中の君を捨ててしまうのだから。亡き父君も、匂宮が好色で移り気であるという評判を、聞いて、知っておられた。だから、父君は、匂宮を娘たちの婿にお迎えしたいとは思っていなかった。

ところが、この屋敷に足しげく通ってきている薫が、不思議なほど熱心に、『匂宮は、まことに誠実な心のお方です』などと誉めちぎるものだから、予想外の成り行きで、匂宮を中の君の夫として、お迎えすることになった。それが原因で、もともと悩みの多かった私に、さらに大きな苦しみが加わった。ああ、何と、面白くないことだろう。薫が誉めていた匂宮は、本当のところは、まことに見下げ果てた、情けない心の持ち主だった。

中の君を見捨てた匂宮を見て、匂宮を中の君の夫に推薦した薫は、どう思うだろうか。『中の君の心が見劣りするので、さすがの匂宮の愛情も薄れたのだ』と、中の君の側に責任があると判断するのではなかろうか。

この屋敷の中には、思惑を憚らなければならないような者など、一人もいない。だから、女房たちが心の中で思っていることまで考慮する必要はないのだけれども、おそらくは、私たち二人を、みっともないとか、愚かだとか、冷笑している者もいるだろう」。

大君は、このように思い悩んでいらっしゃる。絶望のあまり、精神状態だけでなく、体の具合までも、おかしくなったように感じられる。

[宣長説]

「かう、見劣りする御心《みこころ》」に関して、『湖月抄』は、中の君の心の持ち方が見劣りするから、匂宮の愛情が薄れた、などと言っているが、読み間違いである。ここは、匂宮の心が、見下げ果てたものであると言っているのだ。

宣長は、こう言うけれども、私が『湖月抄』の説を熟読すると、宣長説とそれほど変わっていない。「中納言も、いかに思ふらん」の中身を『湖月抄』は述べているだけである。

[評] 大君が、絶望して苦しんでいる時、中の君本人は、「匂宮には、どうしてもこの屋敷に立ち寄れない事情があったのだろう」と、冷静に考えていた。それを知らない大君は、「もし、自分が薫と結ばれたとしたら、薫もまた、

匂宮と同じように心変わりをして、私を捨てて、去ってゆくに違いない」と、さらに思い詰める。

人間不信の蟻地獄に陥った大君は、中の君、匂宮、薫たちの生きている世界とは別の世界――死の国――へと、旅立ってゆく。

47―8 大君の死……薫の心に刻印された不条理の記憶

十一月、宮中で、豊明《とよのあかり》の節会《せちえ》が行われている頃、宇治では大君が臨終を迎えていた。薫は、宇治に留まり、大君の死を看取った。

冷たい雪が降る中での死は、男を愛せなかった大君の最期にふさわしい。

［『湖月抄』の本文と傍注］

「『世《薫心》の中を、ことさらに厭《いと》ひ離れね』と、勧《すす》め給ふ仏《ほとけ》などの、いと、かく、いみじきものは思はせ給ふにやあらん」。見るままに、ものの枯れ行《ゆ》くやうにて、消え果《は》て給ひぬるは《大君二十六歳なるべし》、いみじきわざかな。引き留《とど》むべき方《かた》なく、足摺《あしずり》もしつべく《薫のさま也》、人の、「頑《かたく》なし」と見んこともおぼえず。限りと見奉り給ひて、中の君の、「後《おく》れじ」と、思ひ惑ひ給へるさまも、ことわりなり。あるにもあらず《中君のさま也》、見え給ふを、例の、賢《さか》しき女ばら、「今は、いと忌々《ゆゆ》しきこと」と、引き避《さ》け奉る。

中納言《薫心》の君は、「さりとも、いかが。かかること、あらじ。

夢か」とおぼして、大殿油《おほとなぶら》を近う掲《かか》げて、見奉り給ふに、隠し給ふ顔《大君の死骸のさま也》も、ただ、寝《ね》給へるやうにて、変はり給へるところもなく、うつくしげにて、うち臥《ふ》し給へるを、「かくながら、虫の殻《から》のやうにても、見るわざならましかば」と、思ひ惑《まど》はる。

今はのことどもする。御髪《みぐし》を掻《か》きやるに、さと、うち匂ひたる、ただ《薫心》、ありしながらの匂ひに、懐《なつ》かしう、香《かう》ばしきも、ありがたう、「何事《なにごと》にて、この人を、少しもなのめなりしと、思ひ醒《さ》まさん。まことに、世の中を思ひ捨て果《は》つるしるべならば、恐ろしげに、憂《う》きことの悲しさも、醒《さ》めぬべき節《ふし》をだに、見つけさせ給へ」と、仏《ほとけ》を念じ給へど、いとど、思ひのどめん方《かた》なくのみあれば、言ふ甲斐《かひ》なくて、「ひたぶるに、煙《けぶり》にだに、なし果《は》ててん」とおもほして、とかく、例の作法《葬送の事也》どもするぞ、あさましかりける。空を歩《あゆ》むやうに漂ひつつ《大君の葬送に薫のおはして心も茫然たるさま也》、限りのありさまへ、はかなげにて、煙《けぶり》も多く結ぼほれ給はずなりぬるも、「あへなし」と、呆《あき》れて、帰り給ひぬ。

［湖月訳］

大君の臨終に立ち合う薫の心は、諦念と執着の入り交じった複雑な感情で満たされていた。

「私が、これほどまでに悲しみの極限を味わっているのは、『世俗的なことの一切を厭離《えんり》し、出家遁世して、仏の道に入りなさい』と、仏様が私に勧めていらっしゃるからなのだろうか」。

その薫の目の前で、大君の命がみるみる細ってゆき、木草《きぐさ》が枯れてゆくようにして命が消えてしまわれたのは、悲しいことでした。大君は、二十六歳でした。

薫には、大君の命を、この世に引き留める術《すべ》はなかった。『伊勢物語』第六段（芥川）は、愛する女性を鬼に一口《ひとくち》で食われた男が、足摺《あしずり》をしながら悲しんだ、という話である。薫もまた、足摺をしそうなくらいに、悶え悲しんでいる。大君の臨終の場にいる阿闍梨《あざり》や女房たちから、「自分を見失って、愚かな男だ」と思われてもかまわない、と薫は覚悟を決めて、身も世もなく悲しんでいる。

大君の命が尽きた瞬間を見届けた、妹の中の君が、「私も、姉上と一緒に死にたい」と泣き騒ぎ、平常心を失っているのも、まことにもっともなことである。その中の君も、生きているのか死んでいるのか区別が付かないくらいに、茫然としている。それを見かねて、小賢《こざか》しい女房たちが、「姉君はお亡くなりになりました。死の穢《けが》れに触れてはなりません」

と指図して、中の君を、大君の亡骸《なきがら》のある部屋から、外へと連れ出した。

薫は、茫然としながら、「それにしても、一体全体、こんなことがあってよいものだろうか。いくら重病であったとしても、こんなにあっけなく、人の命がなくなるということが、あってよいものだろうか」と、お思いになる。

燈火を手もとに引き寄せて、亡くなったばかりの大君のお顔を、とくと御覧になる。大君は、亡くなったばかりで、そのお顔は、お召物の袖で覆《おお》ってある。その袖をそっと取り除き、大君の顔を、初めてじっと見つめる。彼女は、ほんのちょっと眠っているようにしか見えず、生きている人との違いは何もなかった。可愛らしい顔で、横たわっていらっしゃる。

薫は、「たとえ命が消えてしまった、蟬の脱殻《ぬけがら》のような亡骸《なきがら》であっても、このままずっと眺めていたい」と、願わずにはいられない。

この時、薫は、「空蟬《うつせみ》は殻《から》を見つつも慰めつ深草の山煙《けぶり》だに立て」（『古今和歌集』僧都勝延）という歌を連想しています。火葬すると、亡き人の姿・形が失われてしまうことを嘆く歌です。薫は、たとえ人の命が無くなったとしても、目の前の大君の顔とお体を、ずっと眺め続けたいのです。

臨終の儀式を執《と》り行うために、女房たちが大君の髪の毛を掻き上げて、梳《と》かしている。その時、大君の髪から、さっと香りが立った。それは、薫が三度、闇の中で彼女に迫り、三度とも拒まれた時に、嗅《か》いだことのある、彼女の体の香りだった。薫は、その馥郁《ふくいく》たる香りに、今もなお心が惹きつけられるのを感じた。

「何か一つでも、このお方に、普通の女性と同じだ、つまり、すべてにわたって超越していたわけではなかったのだと、私に気づかせてくれる、良くない点がないものだろうか。もし、そのような欠点が一つでもあれば、私の彼女への執着も迷妄も覚めるかもしれない。でも、すべてが素晴らしいので、私の迷妄は深まるばかりだ。

もしも、仏が、私に、虚妄に満ちた俗世間を捨てなさいと教える方便《ほうべん》として、私の愛する大君の命を奪ったのであれば、彼女の死に顔に、私が怖《こわ》がるような恐ろしい形相《ぎょうそう》をさせて、私に俗世間を心の底から厭離させてください」と、必死に仏にお祈りなさる。

けれども、大君の顔は、美しいままだった。薫の心には、どうしようもないほどに、大君への未練と愛着《あいじゃく》が湧き上がってくる。先ほど、「空蟬《うつせみ》は殻《から》を見つつも慰めつ深草の山煙《けぶり》だに立て」という歌を、薫は心に思い浮かべていたと、語り手である私は言いました。薫は、いっそのこと、「この愛《いと》しい大君の亡骸を、すべて火葬にして焼いてしまおう。せめて、立ち上る煙を見れば、愛憐を断ち切ることができるかもしれない」とお考えになり、何かと葬送の儀を執《と》り行われるでした。けれども、その心は悲しみのために茫然としたままだったのです。

薫は、大君の火葬にも立ち合った。しきたりに則って、大君の火葬が、坦々と進んでゆく。茫然とした薫には、自分の足が、地面に付いておらず、空中を歩いているようにしか感じられない。薫の心は、大君へのあふれるほどの思いに満ちているのに、大君の亡骸を焼いた火葬の煙は、ほんのちょっぴりだけで、永くは空に留まることもなく、あっけなく消えてしまった。

『竹取物語』に、火にくべても焼けないはずの火鼠《ひねずみ》の裘《かわごろも》が、あっけなく焼けてしまったので、莫大な財産を投じて購入した「安倍《あべ》のおほし」（安倍のみむらじ）は「あへなし」（あっけない）と嘆いた、とあります。これが、我が国で「あへなし」という言葉が使われた始まりだとされます。薫も、さぞかし、大君の火葬の煙があっけなく消えた時には「あへなし」と嘆いたことでありましょう。

薫は、空しい心を抱えて、火葬の場から帰ってきたのでした。

【宣長説】

宣長は、所持していた『湖月抄』の「あへなし」の箇所に貼り紙をして、「この箇所と『竹取物語』とは、まったく無関係である」と書き込んでいる。『玉の小櫛』でも、『湖月抄』の「ここの注、皆、無《な》くてあるべし」と、切り捨てている。

確かに、火鼠の裘《かわごろも》と薫の無念は無関係ではある。けれども、薫が感じた「あへなし」という感情は、これまでの人々が感じたことのなかったであろう、巨大な喪失感だった。その点で、「あへなし」の最初の用例とされた『竹取物語』の衝撃力と、通じ合うものがある。

宣長の弟子の鈴木朖は、冒頭の「世の中を、ことさらに厭《いと》ひ離れねと、勧《すす》め給ふ仏《ほとけ》などの、いと、かく、いみじきものは思はせ給ふにやあらん」について、『湖月抄』は「薫の心」と解釈しているが、「草子地」と見なした方がよい、と述べている。確かに、薫の心を、語り手が「草子地」で推し量っているのだろう。

【評】「ものの枯れ行くやうにて、消え果て給ひぬる」という比喩で、大君の死が語られている。『湖月抄』は、「薫の心の中では、無限の思いが去来していたであろうに、大君の死をこのように淡々と、あっさりした比喩で書いたのが、「面白い」と鑑賞している。

48 早蕨《さわらび》巻を読む

48―1 巻名の由来、年立、この巻の内容

『湖月抄』は、「歌、幷《ならび》に詞をもて号す」と述べる。中の君が詠んだ、「この春は誰《たれ》にか見せん亡《な》き人の形見《かたみ》に摘める峰の早蕨《さわらび》」による。詞《ことば》（散文）には、「蕨《わらび》」とのみある。また、阿闍梨の歌にも、「初蕨」とある。

中の君の歌は、「形見《かたみ》」と「筐《かたみ》」の掛詞である。『夫木《ふぼく》和歌抄』に、次のような類歌がある。

源氏の物語巻巻歌によみけるを　西行上人

もえいづる峰の早蕨亡き人の形見に摘みて見るもはかなし

『湖月抄』では、薫、二十四歳の春。宣長説では、二十五歳の春。大君が二十六歳で亡くなった翌年である。

この巻で、匂宮は中の君を、京の二条院に迎え取った。中の君は、八の宮が遺言した、「宇治の山里を離れるな」という教えとは違った人生を、これから歩むことになる。

48―2　薫、中の君と語らう……中の君への未練

宇治を訪れた薫は、上京が近づく中の君と語り合う。亡き大君への追慕の念と、中の君を匂宮に譲ったことへの悔恨が、薫の心をよぎるのだった。

二人が会話を交わしている途中から、読もう。薫が、「私の住む三条宮は、火事で焼けましたが、再建中で、まもなく転居します。中の君がこれから移り住む匂宮の二条院は、私の三条宮のすぐ近くです」と語る。その後の、中の君の言葉から、引用する。

［『湖月抄』の本文と傍注］

「『宿をば離《か》れじ』と思ふ心、深く侍《はべ》るを、『近く』などのたまはするにつけても、よろづに乱れ侍《はべ》りて、聞こえさせやるべき方《かた》もなくなん」と、所々《ところどころ》言ひ消《け》ちて、いみじく、ものあはれと思ひ給へる気配《けはひ》など、いとよう覚え給へる（大君に似たると也）を、「心から、（薫の心也）余所《よそ》のものに見なしつる」と、いと悔《くや》しく思ひ給へれど、甲《か》斐《ひ》なければ、その夜《よ》のこと、かけても言はず、「忘れにけるにや」と見ゆるまで、けざやかに、もてなし給へり。

御前《おまへ》近き紅梅《こうばい》の、色《いろ》も香《か》も懐《なつ》かしきに、鶯《うぐひす》だに見過ぐしがた（中君の、庭の梢どもを見捨てがたく思ひ給ふ心より鶯だにと書けり）げにうち鳴きて、渡るめれば、まして、「春や昔の」と、心を惑はし給ふ同士《どち》（薫と中君と也）の御物語に、折《をり》あはれなりかし。風の、ざと、吹き入るるに、花の香《か》も、客人《まらうと》の御匂《にほ》ひも、橘《たちばな》ならねど、昔思ひ出《い》でらるる端《つま》なり。「（中君の心也）徒然《つれづれ》の紛《まぎ》らはしにも、世の憂《う》き慰めにも、心留《とど》めて、もてあそび給ひしものを」など、心にあまり給へば、

（中）見る人も嵐に迷ふ山里に昔覚ゆる花の香ぞする

言ふともなくほのかにて、絶《た》え絶《だ》え聞こえたるを、懐《なつ》かしげ

に、うち《薫の也》誦《ず》ンじなして、

袖《薫》触れし梅は変はらぬ匂ひにて根《ね》ごめ移ろふ宿や異《こと》なる

堪《た》へぬ涙《薫のさま也》を、さまよく拭《のご》ひ隠して、言《こと》多くもあらず。「また《薫の詞也》も、なほ、かやうにてなん、何事《なにごと》も聞こえさせ寄《よ》るべき」など、聞こえおきて、立ち給ひぬ。

［湖月訳］

中の君は、京に出ることをためらう気持ちを、口にした。

『亡き父と、亡き姉の思い出がたくさん残っている、この宇治の山荘を、離れたくない』と思う気持ちが、私には強くあるのです。それなのに、あなたは、私が宇治を去って都に出るものと、勝手にお決めになって、『二条院と三条宮の距離は近いから、安心してください』などと言われましたね。私の心は、宇治に留《とど》まるべきか、去るべきかで、大きく揺れ動いています。そのため、あなたに、はっきりとしたお返事もできないでいるのです」。

中の君は、女房を介してではなく、薫と直接に話している。言葉も途切れがちで、ひどく思い詰め、心底悲しいと感じておられることが、薫にも伝わってくる。その中の君の雰囲気は、亡き大君ととてもよく似ているのだった。

薫は、「これほどまでに大君とそっくりな中の君を、私は、自分の判断で、匂宮に譲ってしまったのだ」と、心から残念に思うのだけれども、今さらどうしようもないことなので、何も口にはなさらない。あの夜、大君が中の君を残して寝所をすべり出たので、中の君だけが残り、薫と二人で夜を過ごしたことは、薫にとっても忘れられない出来事なのだが、そのことはすっかり忘れているという素振りで、さっぱりと振る舞っていらっしゃる。中の君の心を思いやっておられる薫の態度は、まことに立派です。

お部屋近くの前庭に植えてある紅梅の花が満開で、色も香りも見事で、心が引きつけられます。鶯《うぐいす》も、この紅梅の花を見過ごすことができず、枝に止まっては囀《さえず》り、しばらくしてから名残《なごり》惜しげに飛んでゆきます。

鶯ですらそうなのですから、薫も、中の君も、梅の花を見ると、「月やあらぬ春や昔の春ならぬ我が身一つはもとの身にして」（『伊勢物語』在原業平）という和歌を思い出します。薫にとっては恋人、中の君にとっては姉だった大君が、今春はもうこの世の人ではないことを、深く悲しむのでした。

お二人のしめじめとした会話と、庭の光景とが一致して、哀れ深く感じられます。特に、薫にとっての大君は、在原業平にとっての二条の后のような、大切な恋人だったのです。風が急に吹いてきて、庭の紅梅の香りが、二人が語り合っている部屋の中にも入ってきます。その梅の香りと、もともと薫の体から放たれている芳香とが一つに溶け合います。その香りは、「五月《さつき》待つ花橘の香《か》を嗅《か》げば昔の人の袖の香《か》ぞする」（『古今和歌集』読み人知らず）という歌のように、「昔の人」である大君を、中の君が思い出す端緒となるのでした。

中の君の心には、大君の思い出が溢れてきます。「姉上は、この紅梅の花をじっと眺め、その美しさを心から愛《め》でることによって、この宇治の山荘での無聊《ぶりょう》な日々をやり過ごしたり、辛《つら》い人生を慰めたりしておられた」などと思い出すと、懐旧の念に堪《た》えきれず、歌を詠まれる。ふだんは、慎み深い中の君から先に、薫へと歌を詠みかけることはないのですが、この時は、姉君への思いがこみ上げてきたので、中の君のほうが先に歌を口ずさんだのです。

見る人も嵐《あらじ》に迷ふ山里に昔覚ゆる花の香ぞする

（宇治の山里では、嵐が吹き迷っていますが、私の心も、宇治を離れるべきかどうかで激しく迷っています。もし、私が宇治を離れたならば、懐かしい昔のことをありありと思い出させてくれるこの梅の花を、美しいと思って眺め、感動する人もいなくなるでしょう。）

中の君は、かすかに聞こえるくらいの小さな声で、この歌を、とぎれとぎれに口ずさむ。その声を聞き取った薫は、自分の口で、その言葉を復唱して、中の君の歌の心を理解しようとなさる。薫の姿は、まことに魅力的でしたよ。

やがて、薫は、歌を返した。

袖触れし梅は変はらぬ匂ひにて根《ね》ごめ移ろふ宿や異《こと》なる

（この梅は、あなた――中の君――のように美しい。あなたは、まもなく都に出て、匂宮がお待ちの二条院に移られます。私とあなたは、一夜だけですが、「実事《じつじ》」は無しに、袖を交《か》わしたことがありましたね。けれども、あなたという美しい梅の木は、根っこごと、宇治から、都の匂宮のお屋敷へと移し植えられるのです。私の屋敷――三条宮――ではないのが、残念でなりません。)

薫は、あふれる涙を、それとなく、優雅に拭《ぬぐ》っている。言葉少なに、「都に移られてからも、このようにしてお会いして、お話ししたいものです。お屋敷も近くなることですし」などと言い置いて、中の君の部屋を後《あと》にされる。

[宣長説]

宣長は、この場面については三点の指摘をしている。紫式部の書いた文章（原文）自体が、いささか不明瞭だからだろう。

第一点、「宿をば離《か》れじ」について。『湖月抄』には、「今ぞ知る苦しきものと人待たん里をば離《か》れず訪《と》ふべかりける」（『伊勢物語』在原業平）という歌の一節を、薫が口にしたと指摘されているが、まったく無関係である。別の歌が、引用されているのだろう。ただし、その歌が何であるかは、自分にもわからない。

第二点。中の君の歌。「見る人も嵐《あらし》に迷ふ」の部分に、「見る人もあらじ」の意味が掛詞になっているのではない。「見る人」は、中の君を指している。

第三点。薫の歌の解釈について、弟子の長谷川（中里）常雄の説を紹介している。

「袖触れし」の主語は大君、「梅」は中の君を指している。亡き大君が可愛がっていた中の君は、今も健在であり、たとえ京都に移ったとしても、宇治で暮らすのとまったく違いはない。このように、薫が中の君を慰めている、というのである。

私は、第一点については、宣長説に賛同する。

第二点については、宣長と違って、「あらじ」の掛詞を読み取りたい。

「訪《と》ふ人もあらし吹きそふ秋は来て木《こ》の葉に埋《うづ》む宿の道芝」（『新古今和歌集』俊成卿女）などのように、「嵐」と「あらじ」の掛詞は自然だからである。

第三点は、宣長説（正確には長谷川常雄説）は、かなり苦しい解釈だと感じる。

【評】八の宮が二人の娘たちと、三人で暮らし始めた宇治の山荘からは、八の宮が逝去し、大君も逝去し、今また中の君も都に出て去ろうとしている。主人たちは、皆、いなくなる。

けれども、尼になった弁は、宇治に残る。弁は、薫の出生の秘密を知っている。彼女には、宇治に残ってもらわなければならない。

宇治に住む新しい女君――浮舟――が出現するのは意外に早く、早蕨巻の翌年のことだった。

48—3　中の君、宇治を発《た》ち、二条院に入る……新しい人生の始まり

二月七日、中の君は宇治を去った。中の君が迎えられた二条院は、匂宮が紫の上から譲られた大邸宅である。薫が女三の宮と住む三条宮からも近い。

［『湖月抄』の本文と傍注］

中君はこの道をば初めて見給へり

道のほど、遥けく、険《けは》しき山道《やまみち》のありさまを見給ふにぞ、辛《つら》きにのみ思ひなされし人の御仲《なか》の通《かよ》ひを、「理《ことわり》の絶《た》え間《ま》なりけり」と、少し、おぼし知られける。

二月七日也　道にて暮れたる也

七日の月の、さやかに

差し出《い》でたる影、をかしく霞みたるを見給ひつつ、いと遠きに、慣らはず、苦しければ、うち眺《なが》められて、

眺むれば〔中君 両義あり〕山より出《い》でて行《ゆ》く月も世に住みわびて山にこそ入れ

「さま変はりて〔我は山里を出づることをいへり〕、遂に、いかならん〔今匂宮に迎へらるる事のさまかはりてはと也〕」とのみ危《あや》ふく、行末《ゆくするゑ》うしろめたきに、「年頃《としごろ》、何事《なにごと》をか思ひけん」とぞ、取り返さまほしきや。

宵《よひ》、うち過ぎてぞ、おはしつきたる〔二条院へ也〕。見も知らぬさまに、目もかがやく心地《ここち》する殿造《とのづく》り〔へ〕の、三《み》つ葉《ば》四《よ》つ葉《ば》なる〔むべもとみけりさきくさの……〕中に引き入

れて、宮《匂宮》、「いつしか」と、待ちおはしましければ、御車《嫁娶の礼也》のもとに、自《みづか》ら、寄らせ給ひて、下《お》ろし奉り給ふ。御しつらひなど、あるべき限りして、女房の局々《つぼねつぼね》まで、御心留《とど》めさせ給ひけるほど、著《しる》く見えて、いと、あらまほしげなり。「いかばかりのことにか」と見え給へる御ありさまの、にはかに、かく、定まり給へば、「おぼろけならず《不少縁》、おぼさるることなンめり」と、世の人も、心憎く思ひ、驚きけり。

［湖月訳］

中の君の上京の旅は、おおまかの手配は匂宮がなさるのだが、細かな段取りは薫が取り仕切った。中の君は、牛車に乗って、都を目指す。

幼い時に、父や姉と共に都から宇治へ下ってきた時の記憶は、まったく残っていない。中の君が、都と宇治を結ぶ道を旅するのは、実質的に、今回が初めてである。思ったよりも遠い距離であった。しかも、途中には、木幡山《こはたやま》の険しい山道もある。その道中のありさまを御覧になった中の君は、匂宮への思いが変わってゆくのを感じた。これまでは、宇治への訪れが途絶えがちだったのを、恨めしく思っていたのだけれども、「これほどまでに遠くて険しい道なのだから、なるほど、頻繁な訪れは、とうてい無理だったのだ」と、少しは思い知らされたのだった。

都に着く前に、夜になった。二月七日なので、空には上弦の月が明るく懸かっている。その光は、春のこととて情緒たっぷりに霞んでいる。その月を見ながらの旅だったのだが、とても遠い道のりであり、なおかつ、中の君には馴れない牛車での移動なので、とにかく苦しく感じられた。ぼんやり車の外を眺めながら、中の君が詠んだ歌。

眺むれば山より出《い》でて行《ゆ》く月も世に住みわびて山にこそ入れ
（空を眺めていると、月が出ている。あの月は、まもなく山《やま》の端《は》に沈むことだろう。この私は、宇治の山里を出て、華やかな都に向かっている。だから、私と月は、違っている。

けれども、よく考えてみると、月は、山の端から出てきたものの、再び山の端に沈んでゆくのだ。私も、宇治の山里を出たばかりだが、これから先に、匂宮の心変わりがあれば、私はもう一度、宇治の山里に戻らねばならない。だから、私と月は、同じ運命なのだ。）

中の君は、歌にも詠まれたように、「自分は山里を出てきて、匂宮に迎えられるのだが、匂宮の愛情が薄れて、見捨てられるようなことがあれば、これからの私は、どうなってしまうのだろうか」と、不安でならないのです。

中の君は、「今、私が感じているような大きな不安、これから、私が感じるであろう不安。それらに比べると、これまで、宇治で暮らしていた頃、、匂宮の訪れが少ないと言って苦しんでいた嘆きなど、取るに足らないものだった。苦しみが今より少なかったあの頃に帰りたい」という、お気持ちだったのでしょうね。

さて、中の君は、午後十時を少し過ぎた頃に、都の二条院に到着された。宇治の粗末な山荘しか知らない中の君には、想像を絶する、輝かしいお屋敷だった。催馬楽《さいばら》「この殿《との》は」に、「この殿は　むべも　むべも　富《と》みけり」、「三《み》つば　四《よ》つばの中に　殿作《とのづく》りせりや」とあるが、三枝《さきくさ》が三つも四つも枝分かれしているように、富裕な人の大邸宅は、棟《むね》

（軒端）が三つも四つも立ち並んでいる、という意味である。

二条院は、まさに、「この殿は」で歌われているような、大邸宅だった。その中へと、中の君の乗った牛車は、迎え入れられた。匂宮は、中の君の到着を、「今か、今か」と待ちわびていらっしゃった。自ら牛車のそばまで近づいてゆき、中の君が車から下りるのを手伝われる。これは、正式の「嫁聚《かしゅ》」（嫁入り）の礼に適《かな》った振る舞いである。

中の君がお使いになる部屋のインテリアは、これ以上はないほどに豪華だった。中の君に付き従う女房たちにあてがわれる、たくさんの局《つぼね》にまで、匂宮自らが配慮なさったことが、はっきりと見て取れる。理想の住まいとは、まさに、このことである。

世間の人は、「中の君が、宇治から二条院に呼び迎えられる」と知ってから、「どの程度の扱いを受けるのだろうか」と興味津々《しんしん》だったのだが、突然に、このように、正式の婚姻のような形で迎えられたので、中の君は「匂宮の妻の一人」としての扱いが定まった。世間の人も、「匂宮は、中の君のことを、とても大切に思っておられ、妻としての処遇をなさっているようだ」と驚き、中の君への評価が高くなったのだった。

匂宮が宇治に通い始めた頃には、快からず思っておられた匂宮の母上である明石の中宮も、今では、中の君との関係を、暗黙のうちにお認めになっているようである。

［宣長説］

宣長は、中の君に興味があるのだろうか、二点、言及している。一つは、中の君の歌。もう一つは、「さま変はりて」の解釈。宣長は、二点とも、『湖月抄』の解釈は「言外の意」を得ていない、と批判している。けれども、私が『湖月抄』と『玉の小櫛』を熟読して比較すると、両者は、ほぼ同じである。

『湖月抄』は、室町時代以来の解釈の歴史を積み重ねているので、最終的にどの解釈を良しとしているのかが、ややわかりづらいところもある。ただし、この二点に関しては、宣長説が、『湖月抄』の解釈を一変させた、という次元の反論ではない。

［評］　中の君は、亡父八の宮の遺訓に背き、宇治の山里を離れた。これが吉と出るか、凶と出るか。中の君は、都の二条院を「終《つい》の棲家」とできるのか。それとも、豪華絢爛たる大宮殿は、煙のように消えて、しょんぼりと元の山里に戻ってゆくのか。中の君の運命を左右するのは、匂宮の愛情だけなのか。

ともあれ、ここで、「宇治の物語」は、一旦、閉じられようとする。

49　宿木《やどりぎ》巻を読む

49―1　巻名の由来、年立、この巻の内容

「巻の名は、歌をもて号す」（『湖月抄』）。宇治を訪れた薫が、弁の尼と贈答した歌の中に見える。「宿木」は、「ほや」のことで、桑や楓《かえで》に寄生する常緑樹である。『湖月抄』は、巻名を「寄生」と表記している。ただし、宿木巻では、「ほや」ではなく、大木に絡みつく「蔦《つた》」の意味で用いてある。

和歌の「宿木」は、「宿りき」（宿った）との掛詞。古くは「やどりき」と発音したらしいが、巻の名としては「やどりぎ」と発音している。

『湖月抄』の年立《としだて》では、薫、二十三歳から二十五歳まで。宣長の年立では、二十四歳から二十六歳まで。つまり、一つ前の早蕨巻から、一年、時間的に遡《さかのぼ》っている。

この巻では、薫の亡《な》き大君への追慕の気持ちだけでなく、薫が今上帝の女二の宮と婚姻することが書かれている。婚姻に際して、薫は、実の父親である柏木から伝領した横笛を、心ゆくまで吹き鳴らした。

匂宮は、夕霧の六の君と結婚するが、中の君との間にも男児を儲《もう》ける。

中の君は、大君の面影を求めて自分に接近してくる薫から逃れるため、「異母妹」に当たる浮舟の存在を薫に教える。薫の垣間見た浮舟が、亡き大君と生き写しだったことに、薫は驚嘆する。ここから、新たな「宇治の物語」が開幕する。

49―2 帝、薫に、女二の宮の降嫁を打診……囲碁の「賭物《のりもの》」

今上帝は、この夏、逝去したばかりの藤壺の女御（左大臣の娘）との間に生まれた女二の宮の将来を心配し、薫に降嫁させたいと思っていた。ある日、帝と薫は、囲碁を打ち、一勝二敗で負け越した帝は、薫に、「賭物《のりもの》」（勝者に与えられる褒賞）として、女二の宮の降嫁をほのめかす。

竹河巻では、庭の桜の花を賭けた囲碁が、姫君たちの間で打たれていた。ここでは、皇女との結婚が「賭物《のりもの》」になっている。その場面を読もう。

［『湖月抄』の本文と傍注］

御碁《ご》など打たせ（女二宮と也）給ひ、暮れ行《ゆ》くままに、時雨《しぐれ》をかしきほどに、花の色（菊を叡覧也）も夕映《ゆふば》えしたるを御覧《ごらん》じて、人召《め》して、「唯今《ただいま》（今上詞）、殿上《てんじやう》に誰々《たれたれ》か」と問はせ給ふに、「中務《なかづかさ》の親王《みこ》、上野《かんづけ》の親王《みこ》、中納言源《みなもと》の朝臣《あそん》、さぶらふ」と奏《そう》す。「中納言の朝臣《あそん》、こなたに」と仰《おほ》せ言《ごと》ありて、参り給へり（薫の召しに依りて参り給ふ也）。げに、かく、とりわきて召し出《い》づるも甲斐《かひ》ありて、遠く薫《かを》れる匂ひよりはじめ、人に異《こと》なる様《さま》、し給へり。「今日《勅語也》の時雨《しぐれ》、《面白き仰せ也》常より殊《こと》にのどかなるを、遊びなど、すさまじき方《かた》にて、いと徒然《つれづれ》なるを、いたづらに日を送る戯《たはぶ》れにても、これなん良《よ》かるべき」とて、碁盤《ごばん》召し出《い》でて、御碁の敵《かたき》に召し《御相手に也》寄す。いつもかやうに、気近《けぢか》く慣《な》らし纏《まつ》はし給ふに慣《な》らひにたれば、「さに《薫の心也》こそは」と思ふに、《いつもの事とおもふにと也》「よき《勅語也》賭物《のりもの》はありぬべけれど、軽々《かるがる》しくはえ渡すまじきを。何をかは」など、のたまは《かをるには何を賭に出だされんぞとの御戯れ也》する御気《みけ》色《しき》、いかが見ゆらん。いとど心づかひ《女二の事と薫の思ふにや》して、さぶらひ給ふ。さて、打たせ給ふに、三番《さんばん》に数《かず》一つ、負《ま》けさせ《公方に御劣也》給ひぬ。「ねたきわざかな」とて、「まづ、今日《けふ》は、この花一枝《ひとえだ》許す」とのたまはすれば、（薫也）御答《いら》へも聞こえさせで、下《お》りて、（下殿して菊を折りたる也）面白き枝を折りて、参り給へり。

（薫）
世の常の垣根に匂ふ花ならば心のままに折りて見ましを

と奏《そう》し給へる用意、（薫のさま也）浅からず見ゆ。

（今上）
霜にあへず枯れにし園の菊なれど残りの色は褪《あ》せずもあるかな

と、のたまはす。

［湖月訳］

今上帝は、母である藤壺女御を亡くした女二の宮を慰めるために、彼女が暮らしている藤壺（飛香舎《ひぎょうしゃ》）にお渡りになった。帝は、女二の宮と二人で囲碁を打ちながら、時を過ごされる。日暮れが近づくにつれて時雨《しぐれ》がさっと降ってきては止《や》み、趣深さが増してきた。帝は、夕陽を浴びている、盛りの菊の花を御覧になっている。やがて、人を召して、「今の時間、殿上《てんじょう》の間《ま》に伺候《しこう》しておるのは、誰と誰か」と、お尋ねになる。下問された者は、「現在、伺候しておられますのは、中務《なかつかさ》の宮（今上帝と明石の中宮の子か）、上野《かんずけ》の宮（系図不明）、それと、中納言源《みなもと》の朝臣《あそん》（薫）の三人でございます」とお答えする。「ならば、中納言の朝臣（薫）に、こちら――藤壺――まで来るように言いなさい」という帝の仰《おお》せ言《ごと》があったので、薫が参上なさった。

三人の中から特に選ばれてお召しがあるのも、もっともなことで、薫が近づいてくるにつれて、彼の体から放たれる芳香が少しずつ濃くなってきます。そして、姿を現した薫は、ほかの宮様や上達部《かんだちめ》とは異なる素晴らしさでした。まさに、「面目が立つ」とは、こういうことだろうと、語り手である私も、その場で見ていて感心しました。

帝は、参上してきた薫に、親しく話しかけられる。

「そなたを、ここに召したのは、ほかでもない。今日の時雨は、まことに雰囲気があって、感興がいたくそそられる。ところが、今は、亡き藤壺女御の喪中であるから、歌舞音《かぶおん》曲《ぎょく》を伴う遊びを催すことは、ためらわれる。何かをしたいのに、何もできないので、まことに困っておる。こういう時には、碁を打つのが、最も良いと、白楽天も言っておるそうだな」。

このお言葉は、『白氏文集』の「春を送ること、唯《ただ》、酒有り。日を銷《け》すことは碁に過ぎず」という漢詩を踏まえているのです。

帝は、碁盤を準備するようにと命じられ、薫を相手に、碁をお打ちになる。薫は、帝が自分をお側《そば》近くにまで呼び寄せて、親しくされるのには馴れているので、「今回も、いつもと同じだろう」と思うだけで、特段の心の準備もなかった。けれども、帝のご様子はいつもとは違っておられて、「勝負事には、賭《か》け事《ごと》がつきものだ。勝ちを得たものには、当然、何かの褒美が必要であろうな。実のところ、特上の褒美があるのだが、そう簡単に、おいそれとは、そなたに授けられないのだよ。ならば、そなたには、何を授ければよいのであろうかな」と、謎めいた冗談を口にされる。

帝のお言葉を聞いた薫は、何か、帝の深い意図を感じ取ったのでしょうか、いつもよりさらに緊張して、真面目な顔をしてお側《そば》に侍《はべ》っているようです。薫は、帝が、女二の宮との婚姻を許そうというおつもりなのだと、うすうすわかったのですね。

さて、そういうふうにして、特別な景品を賭けた碁が、打ち始められました。三回、盤を挟《はさ》んで戦い、帝が薫より一回多くお負けになりました。すなわち、帝の一勝二敗、薫の二勝一敗でした。薫の勝利となったのです。

敗れた帝は、「残念な結果となった」とおっしゃる。そして、「そなたには、特別な景品を授けねばならぬようだな。だが、今日のところは、庭で美しく咲いておる菊の花の一枝を、折り取ることを、そなたに許そうぞ」と、おっしゃる。

帝のお言葉は、『和漢朗詠集』の、「聞き得たり、園中に花の艶《えん》なるを養ふことを。君に請《こ》ふ、一枝の春を折ることを許せ」（紀斉名《きのただな》）という漢詩を踏まえているのです。この漢詩は、女性を花に喩え、女の親が男に、娘との結婚を承諾をすることを、「一枝の春を折ることを許す」と喩えているのです。帝が、「だが、今日のところは」とおっしゃったのは、いずれは女二の宮との結婚を許す、という含みだったのでしょう。

薫は、その場では、何もお返事せず、黙って、庭に下り、見事な菊の花を折り取って、帝の前に戻って来ました。そして、お礼の歌を読まれる。

世の常の垣根に匂ふ花ならば心のままに折りて見ましを
（ごく普通の屋敷の庭で咲いている花ならば、私にも、何の遠慮もなく折り取ることができましょうが、雲の上の宮中で咲いている花——女二の宮——は、どうして、私などが気ままに折り取ることなどができましょうか。）

婉曲《えんきょく》な言い回しで、女二の宮との婚姻に対して消極的な気持ちであることを、帝に伝えた薫の気配りは、立派なものだと思われました。

帝も、歌をお返しになる。

霜にあへず枯れにし園の菊なれど残りの色は褪《あ》せずもあるかな
（宮中の菊の花の中には、霜に堪《た》えきれず枯れたものもあるけれども、霜が降《お》りた後も、美しく咲いている花もあるぞ。藤壺の女御は亡くなったけれども、娘の女二の宮は美しく成長しておるぞ。）

[宣長説]
宣長は、二点、指摘している。
第一点、帝の言葉の「何をかは」は、このままでは意味が通じない。ここは、「何と」

かは」とあるべき箇所である。宣長は、自らの卓越した学力に自信を持っているので、本文の「誤写」説を強力に主張する。ところが、この箇所では、宣長の言語感覚の方に、いささか問題があるように、私は感じる。

第二点。帝の歌に関して、菊の花には、色が移ろってからあとが、さらにいっそう美しくなる「移《うつ》ろひ盛《ざか》り」があるのだ、と主張する。確かに、その通りなのだが、帝の歌に、当てはまるだろうか。「褪せずもあるかな」という表現から、「以前にも増して美しい」という解釈が導き出せるだろうか。私には疑問である。

［評］　帝から女二の宮の降嫁がほのめかされた、ちょうどその頃、薫は、宇治の姫君たちとの恋愛に夢中だった。薫は、何度も大君に接近しては拒否され、大君のほうは、自分は独身を貫くことを決意していた。大君は、薫の「心変わり」の可能性を心配していたが、それは決して杞憂《きゆう》ではなかったのである。

なお、この場面で引用されている「一枝の春を折ることを許せ」という漢詩は、中村真一郎が王朝物語に題材を得た短編小説『恋路』でも使われている。

49―3　薫、中の君から浮舟の存在を教えられる……大君の「ゆかり」

薫は、大君を追慕するあまり、妹の中の君への恋慕を強く感じるようになる。

匂宮は、成り行き上、しぶしぶ、夕霧の六の君と結婚したが、予想よりも優れていた六の君に夢中になっている。匂宮との関係に絶望し、宇治に戻ろうかと悩む中の君の相談に乗っているうちに、薫は思わず中の君に接近する。

だが、彼女の「腰のしるし」（妊婦用の腹帯）を見て、薫は、思い留まった。そういう薫に、中の君は、意外な事実を告げた。

ここから、浮舟の物語が始まる。

［『湖月抄』の本文と傍注］

外《と》の方《かた》を眺め出《い》だしたれば、漸《やうや》う、暗《くら》うなりにたるに、虫の声ばかり紛《まぎ》れなくて、山の方《かた》《庭の山なるべし》、小暗《をぐら》くて《ほのぐらき也》、何《なに》のあやめも見えぬに、いと、しめやかなるさまして、寄り居《ゐ》給へるも、「わづらはし《中君の心也》」とのみ、内《うち》にはおぼさる。〽「限りだにある《薫の吟詠也》」など、いと忍びやかに、うち誦《ず》ンじて、「思う給へわびて侍《はべ》り《薫の詞也》。〽音無《おとなし》の里《さと》も求めまほしきを。かの山里のわたりに、わざと寺などはなくとも、昔おぼゆる人形《ひとがた》をも造《つく》り、絵にも描《か》き留《と》めて、行《おこな》ひ侍らんとなん、思う給へなりにたる」とのたまへば、「あはれなる《中君の心（詞カ）也》御願ひに《中君の詞也》、また、うたて、〽御手洗川《みたらしがは》近き心地《ここち》する人形《ひとがた》こそ、思ひやり《両説》、いとほしう侍れ。（毛延壽が金を得てはよく書き金をあたへぬ人をばあしく書きし事也）黄金《こがね》求むる絵師もこそなど、うしろめたうぞ侍るや」とのたまへば、（薫詞）「そよ。その（細工人也）工匠《たくみ》も絵師《ゑし》も、いかでか、心には叶《かな》ふべきわざならん。近き世に、花降《ふ》らせたる工匠《たくみ》も侍りけるを、さやうならん変化《へんぐゑ》の人もがな」など、とざまかうざまに、忘れん方《かた》なき由《よし》を、嘆き給ふ気色《けしき》の、いと心深げなるも、いとほしう、わづらはしうて、（中君也）今少し、すべり寄りて、（中君の詞也）「人形《ひとがた》のついでに、いとあやしく、思ひ寄るまじきことをこそ、思ひ出《い》で侍れ」とのたまふ気配《けはひ》の、少し懐《なつ》かしきも、（薫の心也）いと嬉しく、あはれにて、（薫詞）「何事にか」と言ふままに、几帳《きちやう》の下《した》より、手を捕《と》らふれば、いと、《中君の心也》うるさく、思ひならるれど、「いかさまにして、かかる心をやめて、なだらかにあらん」と思へば、この《少将也》近き人の思はんことのあいなくて、さりげなく、《中君の手をとらへたるを》もてなし給へり。《少将にしらせじとて、さらぬ由也》

「年頃《としごろ》は、世にあらんとも知らざりし人の、この夏頃、遠き所よりものして、尋ね出《い》でたりしを、《中君のかたへ尋ねこし也》『疎《うと》くは思ふまじけれど、また、うちつけに、さしも、何《なに》かは、睦《むつ》び思はん』と思ひ侍りしを、先《さい》つ頃《ごろ》、来《き》たりしこそ、あやしきまで、昔の人《大君をいふ也》の御気配《けはひ》に通《かよ》ひたりしかば、あはれにおぼえなり侍りしか。

形見《かたみ》など、かう、おもほしのたまふめるは、（中君を大君のかたみと薫ののたまふと也）『なかなか、何《なに》事《ごと》もあさましう、もて離《はな》れたり』となん、皆人《みな》々も、言ひ侍りしを、いと、さしもあるまじき人の、いかでかは、さはありけん」とのたまふを、「夢語りか」（かをるの心也）とまで聞く。

［湖月訳］

二条院で、匂宮の留守中、薫と話し合っている中の君は、徐々に薫という男の存在を厄《やっ》介《かい》に感じ始めた。部屋の外に目を向けると、少しずつ暗くなってきている。暗くなってから元気に鳴き始める虫たちの声が、大きく聞こえてくる。庭の奥にある築山《つきやま》のあたりは、ほの暗くなっていて、そのあたりに何があるのか、肉眼で見分けるのがむずかしくなってきている。けれども、薫は、いかにもしんみりと思い詰めているといった風情《ふぜい》で、物に寄りかかって座ったままである。簾《すだれ》の内側にいる中の君は、そういう薫を、「困ったお方だ」

とお思いになる。

けれども、自分が中の君から迷惑がられていることに、薫は一向に気づかない。彼の心は、亡き大君の思い出で占《し》められている。そのうち、おもむろに、「限りだにある」という言葉を、情感たっぷりに口ずさんだ。

これは、「恋しさの限りだにある世《よ》なりせば年経《としへ》てものは思はざらまし」（『古今和歌六帖』）という歌の一節です。自分は、今もなお、大君のことが忘れられないと、中の君に訴えているのです。

薫は、思い入れたっぷりに語り始める。

「もう、私はどうしたらよいか、わからなくなりました。『恋ひ侘《わ》びぬ音《ね》をだに泣かん声立てていづくなるべき音無《おとなし》の里』（『古今和歌六帖』）という歌もありますが、私も、思いっきり声を立てて泣くことのできる『音無の里』を捜し出したいものです。紀伊《き》の国にあると言われていますが、私は、どこまでも探し求めるつもりです。

そうそう、あの懐かしい思い出のある宇治の山里には、正式の寺院ということではなくて、お寺のような宗教施設を営みたいと、思ったりします。そのお寺には、ご本尊の替わりに、今は亡き大君とそっくりの「人形《ひとがた》=彫像」を造って安置し、また大君のお姿を肖像画に描き取って飾り、それらに向かって、お勤めしたいものだと、思うようになったのでございます。

白楽天の『草堂記』には、香炉峰の北にある遺愛寺には、唐の高宗が七歳で逝去した皇子の人形を造って安置した、と書かれています。漢の武帝は、寵愛していた李夫人《りふじん》の没後に、肖像画を甘泉殿の中に掲げたということですし、李夫人の人形を柔らかい石で造らせた、とも言われています。私も、彼らに倣《なら》いたいのです」。

それを聞いた中の君は、思わず茶化《ちゃか》してしまった。

「何と、お心の籠もった願いを、お持ちでいらっしゃいますこと。ただし、『人形《ひとがた》』という言葉は、いささか気に掛かります。だって、『人形《ひとがた》』は、禊《みそ》ぎをする時に、水に流して捨ててしまうものでしょう。『伊勢物語』に、『恋せじと御手洗川《みたらしがわ》にせし禊《みそ》ぎ神は請《う》けずもなりにけらしも』という歌があります。もし、あなたが亡き姉上への恋心を断念しようとして、姉上とそっくりの人形《ひとがた》を水に流し、捨ててしまおうと思っているのでしたら、姉上が可哀想です。また、そもそも、『恋せじと』という歌は、男の恋心の強さを訴えるものですから、そんな邪念でお寺でお勤めをなさっても、仏様は決してあなたの願いを叶えてくれないと思いますわ。

もう一つ、心配事があります。姉上とそっくりの肖像画を描かせたい、というお話でしたが、絵師には、あの王昭君を醜く描いたとかいう毛延壽《もうえんじゅ》のように、美しく描くために賄《わい》賂《ろ》の黄金を求める人もいたりしますから、あなたが思うような肖像画が完成するものか、不安でございます」。

薫は、中の君の言葉に反発しなかった。

「本当に、おっしゃる通りです。お金を出さなかったら似ても似つかぬ肖像画になるでしょうが、どんなにお金を積んでも、私が望んでいる、お元気だった頃の大君とそっくりのお顔を描きとめられる絵師は、この世に存在しないでしょうね。

武帝が李夫人を描かせた肖像画は、良く出来ていたそうですが、生きている人間とは違って、言葉を話すこともなく、にっこり笑うこともなかったそうです。今、あなた――中の君――は、私と笑いながらお話しされていますが、あなたこそ、『生ける大君の肖像画』だと言えましょう。

聞くところによれば、名工として知られる飛《ひ》驒《だ》の匠《たくみ》は、花が空から降っているかのように見える、精巧な仕掛けを作ったそうですね。そういう人間離れした秘術を会得《えとく》した名人が、私の前に現れてくれたら、と思います」。

薫は、このように、あれやこれや、さまざまに、大君を忘れられない嘆きを、切々と訴える。その姿は、いかにも哀切で、心が籠もっているように感じられた。中の君は、薫が心底、可哀想になった。また、彼が、自分への好意をほのめかすのが、煩《わずら》わしくもあった。それで、薫と、これまで簾越しに話していた中の君は、少し、前へ進み出て、それまでは口にしようとは思っていなかった情報を、伝え始めた。

「今、亡き姉上とそっくりの人形《ひとがた》を、何としても作りたい、というお話を伺いました。その言葉を聞いていて、ふと、私が思い出したことがあります。それは、不思議なことでもあり、私自身が、最近まではまったく想像もできないことだったのです」。

そう話しかける中の君の雰囲気が、いささか薫への警戒心を解いて、親密な感情にあふれているように感じられたので、薫は嬉しくなり、気持ちが昂《たか》ぶった。

実のところは、中の君は薫に同情していたのではなく、何かにつけて自分に近づいてくる薫から逃れる恰好の名案を、突然に思い付いたのである。

中の君が近づいてきたので、薫は、「どういうことでしょうか」と返事しながら、几帳《きちょう》の下から自分の手をすっと差し入れ、中の君の手をつかんだ。中の君は、「また、薫の困った振る舞いが始まった」と、嫌な気持ちになる。「何とかして、こういう迷惑な振る舞いを止めさせて、安心してこの人と対面できるようになりたい」と思う。近くには、女房も控えているので、彼女の思惑も気恥ずかしい。それで、自分の手が薫に握られていても、女房には気取《けど》られないように、そのことには触れず、じっと、おとなしくしている。

中の君は、薫の自分への執心を、別の女性へ振り替えようと、ある女の存在について語り始めた。

「長いこと、そういう人がこの世に存在するのだとも知らなかった、一人の女がおります。その女が、今年の夏頃でしたか、遠い所から上京してきたというので、私の居場所を探しだして、この屋敷にまで挨拶に来たのです。私は、正直なところ、その女については、『自分とまったく血がつながっていないわけではないので、無視することはできないけれども、これまで疎遠な仲だったのに、急に親しく付き合うこともないだろう』と思っていました。

けれども、先日、この屋敷に挨拶に来た彼女の顔を見て、驚きました。今は亡き姉上――大君――の容貌と、不思議なくらいに似通っていたのです。私は、あまりのことに、感動すら覚えました。

あなたは、私が、今は亡き姉上の『形見《かたみ》』だ、生き写しだ、とおっしゃいますが、私に昔から仕えている女房たちは、『姉と妹の間柄ですから、似ていて当たり前なのですが、大君と中の君は、かえって似ていません。それどころか、ひどく違っています』などと思っているようですし、実際に、そういう感想を口にしています。

ところが、私に挨拶するためにやって来た女は、亡き姉上と深い血縁であるわけではないのですが、どうして、あんなにまで、顔と雰囲気が似通っていたのでしょうか」。

薫は、中の君がもたらした情報を、「これは、夢ではあるまいか。中の君は、夢に見た話をしているのではないか。とても、現実に、そういうことがあるとは信じられない」と思いながら、聞いた。

［宣長説］

薫が「限りだに」という歌の一節を口ずさんだ心理を、宣長は詳しく解説している。『湖月抄』が、『古今和歌六帖』の歌の存在を指摘しただけで済ませたのが、不満だったのだろう。

「自分の大君を恋しく偲ぶ気持ちに限度があって、実際に、大君のことを忘れているのならば、目の前の中の君のつれない態度を、それほど恨めしいとは嘆かないでしょう。私が、中の君の冷淡な態度を心から嘆かわしく思っているのは、大君のことが今でも忘れられず、恋しいからなのです」。

宣長は、作中人物に、深く感情移入しながら、宇治十帖を読んでいる。

作中人物に感情移入している宣長は、「御手洗川《みたらしがは》近き心地《ここち》する人形《ひとがた》こそ、思ひやり、いとほしう侍れ」という中の君の言葉についても、行間を深く読み取って、解説している。宣長が代弁する中の君の心理は、次のようなものである。

《「恋せじと御手洗川《みたらしがは》にせし禊ぎ神は請《う》けずもなりにけらしも」という和歌は、「恋せじ」という言葉が眼目です。あなた――薫――は、姉上への恋を忘れたいと思うような、心の浅い方なのですか。そうであれば、そういうあなたから愛された姉上が、あまりにも可哀想です。》

宣長は、宇治十帖の世界に入り込んで、その世界の空気を呼吸している。

また、「近き世に、花降《ふ》らせたる工匠《たくみ》」については、「古い物語」の中に典拠があるのだろう、と推測している。

[評] 中の君は、言葉を選びながら、浮舟についての情報を薫に伝えている。

彼女は、薫の自分への接近を、拒否したい。そのために、亡き大君と、自分よりも似ている浮舟に、薫の目と関心を向けさせたいのである。

中の君の戦略は、成功した。浮舟は、大君・中の君の姉妹とは「異母妹」に当たっていた。大君は「父親似」、中の君は「母親（北の方）似」。浮舟は、八の宮の娘なのだが、母親（中将の君）似ではなく、「父親似」なのだろう。

49―4　薫、弁と和歌を唱和する……「宿木」の歌

薫は、宇治を訪れ、弁に、浮舟のことを尋ねる。その結果、浮舟という女の出自が判明した。

八の宮は、北の方と死別したあと、北の方の姪《めい》に当たる女房（「中将の君」）と関係し、浮舟を儲けていた。けれども、八の宮が、中将の君と浮舟を顧みないので、中将の君は受領《ずりょう》の男と結婚して、陸奥の国《みちのくに》に同行した。その後、常陸《ひたち》の国に下っていたが、このたび、帰京したという。浮舟の年齢は、「二十歳ばかり」である。

中の君は、椎本巻で「二十二歳」とする『湖月抄』の本文に従えば、現在、二十四歳。大君が生きていたならば、二十七歳である。大君と死別して、まだ一年と経《た》っていないが、薫は、大君とそっくりな異母妹の存在を知ったのだった。

薫と弁は、「宿木」の歌を詠み合う。

［『湖月抄』の本文と傍注］

木枯《こがらし》の堪《た》へ（景気たぐひなし）がたきまで吹き（おもしろき体也）通《とほ》したるに、残る梢《こずゑ》もなく、散り敷《し》きたる紅葉《もみぢ》を、踏み分《わ》けける跡《あと》も見えぬを、見渡して、とみにも、え出《い》で給はず。いと気色《けしき》ある深山木《みやまぎ》に、宿りたる蔦《つた》の色ぞ、まだ残りたる。こだになど、少し引き取らせ給ひて、

「宮《中君也》へ」とおぼしくて、持たせ給ふ。

や《薫》どり《宿りき》木《き》と思ひ出《い》でずは木《こ》のもとの旅寝もいかに寂しか
らまし

と、独《ひと》りごち給ふを聞きて、尼君《弁》、

荒《弁》れ果つる朽木《くちき》のもとをやどり《宿りき》木《き》と思ひおきけるほど《程の字が詮也》の
悲しさ

あくまで古《弁也》めきたれど、故《ゆゑ》なくはあらぬをぞ、いささかの慰
めにはおぼされける。

［湖月訳］

宇治の山荘は、寺に改造する直前である。今は九月下旬。晩秋と言うよりも、初冬である。冷たくて強い木枯《こがらし》が、あたり一帯を吹き過ぎてゆく。人間にとって堪《た》えがたい激しさは、木々にとっても堪えがたく、梢《こずえ》にはまったく葉が残っていない。地面に散り敷いた紅葉《もみじ》が、庭を埋め尽くしているが、散り積もったままで、誰も、そこを踏み分けて通った形跡もない。

荒寥とした景色を眺める薫には、言いようのない悲しみがこみ上げてくる。この悲しみが、懐旧の念をさらに強くさせるので、薫は、すぐには宇治を立ち去ることができないでいる。

都では見られない、風情《ふぜい》のある大きな木に、絡《から》みついている蔦《つた》の草紅葉《くさもみじ》が美しい。木《こ》の葉《は》は落ち尽くしたのに、色づいた蔦はまだ残っている。薫は、「こだに」などを少しばかり、従者に命じて、引っ張って採らせ、「匂宮邸の中の君へ、宇治まで来た土産《みやげ》として差し上げよう」と思って、都にお持ち帰りになる。

この「こだに」は、蔦の一種である。古い木に取り付いている小さな虫、という説もあるが、取らない。

薫は、心に浮かんだ思いを、独《ひと》り言《ごと》のように、和歌にして口にした。

　やどり木《き》と思ひ出《い》でずは木《こ》のもとの旅寝もいかに寂しからまし

（昔、私は、この宇治の屋敷に、何度も宿ったことがある。「法《のり》の友」である八の宮と、心から愛していた大君との語らいは、今も懐かしい思い出だ。その昔の思い出が、もしもなかったのならば、この寂しい情景の広がるこの屋敷で旅寝することには、一夜たりとも堪《た》えきれないだろう。

　振り返って見れば、私は、木々が大地に根を下ろすのと違って、この世の中で安定した居場所を見つけられなかった。宿木が、何かの木に寄生するように、どこを自分の生の拠り所とすべきかがわからないまま、一時的なものにすがって生きてきた。蘇東坡《そとうば》が、「吾《わ》が生、寄耳《きじ》（宿木のこと）の如《ごと》し」と言ったのと同じようなことである。）

この薫の独り言を聞いた弁の尼も、歌を詠んだ。

　荒れ果つる朽木《くちき》のもとをやどり木《き》と思ひおきけるほどの悲しさ

（八の宮が逝去し、大君も亡くなり、中の君も都に上《のぼ》ったので、今はもう、この宇治には、腐りかけた朽木——私——しか、残っていません。けれども、かつてここに、仏の道を求めたり、愛を求めたりして宿ったことがあると、今でも忘れておられないあなた様の心の深さに、私は心から同情します。こんな寂しい宇治の山里で、一夜を明かされたあなた様には、まことに深い悲しみがおありだったことでしょう。)

弁の人柄は古風で、その歌の詠みぶりも古風ではあるものの、いささかの教養が感じられる。薫は、この歌を聴いて、少しは心が慰められたように感じた。

[宣長説]

「こだに」は、蔦の一種なのだろう。

薫の歌の初句は、「宿木」という植物ではなく、「昔、宿った所」という意味で詠んだのだろう。蘇東坡の漢詩などは、要《い》らざる詮索である。

[評] 宣長は、「吾が生、寄耳《きじ》の如し」という蘇東坡の言葉を、考慮する必要はないと一蹴するが、私は含蓄に富む言葉であると思う。薫のみならず、宇治十帖に登場する人々の多くに当てはまる名言である。さらには、正篇の登場人物にも、当てはまる。

「自分の人生は、寄るべない宿木のようなものである」。この認識を得た後で、人は、どのように生きてゆくのだろう。「宿木だから、つまらない」と人生を諦めてしまうのか、「今の自分は宿木であるけれども、ほかの人々と力を合わせれば、人生において何事かを達成できるだろう」と前向きに考えるのか。そこに、人生の岐路がある。

ちなみに、藤原定家の子である為家に、「宿木に寄する恋」という題で詠んだ歌がある。

松に這《は》ふ蔦の紅葉《もみち》の色を見よつれなき枝《え》にも時雨《しぐれ》やはせぬ

常緑樹である松に寄生した蔦が、赤く紅葉している。常緑樹は、心を変えない人、恋をしない人の比喩なのであろうか。松は色を変えなくても、寄生している蔦は色を変える。蔦のように、宿木のように、定めなく生きている我々も、自分だけの喜怒哀楽を感じながら、精一杯、与えられた人生を生きることができる。

49—5 薫、柏木の形見の横笛を吹く……柏木の無念は晴れたのか

薫が二十五歳の二月（宣長の年立では二十六歳）、薫は権《ごん》大納言で、右大将を兼《か》ねた。この月には、中の君が、匂宮の男児を無事に出産し、盛大な産養《うぶやしな》いが行われた。同じ月の二十日過ぎ、今上帝の女二の宮が裳着《もぎ》（成女式）を済ませ、翌日に薫との婚儀が執《と》り行われた。そして、三月の下旬、女二の宮は、宮中から薫の住む三条宮へと移った。その前日、女二の宮がそれまで住んでいた宮中の藤壺で、帝をはじめ、公卿が列席して、盛大な藤の花の宴が催された。『湖月抄』は、村上天皇が、天暦三年（九四九）四月十二日に、藤壺で催した藤の花の宴が、この場面の准拠（モデル、下敷き）だと指摘している。その席で、薫は、柏木遺愛の横笛を吹いたのだった。

［『湖月抄』の本文と傍注］

上《うへ》の御遊びに、宮《女二宮也》の御方《かた》より、御琴《こと》ども、笛など、出《い》ださせ

給へば、大臣《おとど》《夕霧已下也》をはじめ奉りて、御前《おまへ》に取りつつ、参《まゐ》り給ふ。故《こ》六条院の御手《て》づから書き給ひて、入道の宮《女三宮也》に奉らせ給ひし琴《きん》の譜《ふ》二巻《にくわん》、五葉《ごえふ》の枝《えだ》に付けたるを、大臣《おとど》《夕霧也》、取り給ひて、奏《そう》し給ふ。次々に《人々の所作のため也》、琴《きん》、箏《さう》の御琴《こと》、琵琶《びは》、和琴《わごん》など、朱雀院の物どもなりけり。

笛は、かの夢に伝へし《柏木の笛也　横笛巻にある事也》、いにしへの形見《かたみ》のを、「またなき物の音《ね》なり」と、愛《め》でさせ給ひければ《今上の兼ねてほめさせ給へるか》、「この折《をり》の清《きよ》らより、または、いつかは栄《は》え栄《ば》えしきついでのあらん」とおぼして、取《と》う出《で》給へる《取り出で給へる也》なンめり。大臣《おとど》《夕霧の所作也》、和琴、三の宮《匂也》、琵琶、とりどりに賜《たま》ふ。大将《薫也》の御笛は、今日《けふ》ぞ、世になき音《ね》の限りは、吹き立て給ひける。殿上人《てんじやうびと》の中《なか》にも、唱歌《さうが》《郢曲にたへたる殿上人也》につきなからぬどもは召し出《い》でつつ、いと面白う遊ぶ。

［湖月訳］

いよいよ、藤壺では、帝の前での管絃の遊びが始まった。この宴は、女二の宮が、明日、薫の住む三条宮にお移りになるので、お別れのための宴である。宴で用いられる琴や笛の数々は、女二の宮が準備される。夕霧大臣以下の参列しているお歴々が、手渡しで取り次いで、帝の前にお持ちする。

また、薫の方でも、母である女三の宮に伝わった名器の数々を献上する。最初に、亡き六条院（光る君）が、直筆《じきひつ》でお書きになって、女三の宮に差し上げなさった「琴《きん》の譜《ふ》」（琴の楽譜）二巻を、五葉の枝に付けたものを、夕霧が薫から受け取り、その旨を帝に奏上なさる。これは、天暦三年の藤の花の宴に際して、藤原師輔《もろすけ》（道長の祖父）が村上天皇に「箏《そう》の譜」三巻を献上したことを、准拠にしている。

その後は、琴《きん》、箏《そう》、琵琶《びわ》、和琴《わごん》などの名器の数々が献上されたが、これらは、女三の宮の父親である朱雀院が所蔵されていたものなのだった。

この時に献上された名器の中に、横笛もあった。あの柏木が、夕霧の夢に現れて、「この笛は、しかるべき人に伝えたい」と語った、例の横笛である。その横笛は、光る君が預かっておられたが、しかるべき時期に、女三の宮と薫へ手渡されていたのである。

この横笛を、かつてお聞きになった今上帝が、「比類のない音色を奏でる名器である」と、お誉めの言葉を賜ったこともある。「このたびの藤の花の宴は、女二の宮を宮中からわが屋敷にお迎えするための儀式であり、天皇の婿となる私の人生において、これ以上の華やかな宴は、もうないであろう」と薫は考え、これまで秘蔵していた亡き柏木の笛を、この場に持参したのでありましょう。

帝に献上された名器の数々は、それぞれの楽器の名手へと、手渡される。夕霧は和琴、匂宮は琵琶というように、各自に名器が下賜される。薫は、もちろん、柏木の心が籠もった横笛を手にして、今日は、帝が称賛された通りの古今無双の音色を、渾身の気合いで吹き立てるのであった。

　皆さんは、覚えていらっしゃいますか。横笛巻には、柏木の言葉が、書かれていました。「笛の名手と言われる私――柏木――をもってしても、この名器の音の可能性を、完全には出し切れていない。この名器を愛し、その可能性を存分に引き出してくれる人がいるのならば、その人に、この笛を譲りたい」。

　柏木のこの言葉を、薫が伝え聞いたことがあるのかどうかは、わかりません。柏木が、生まれたばかりの我が子・薫の顔を見ることもなく、心を残しながら逝去してから、早くも二十五年。薫の吹き立てた横笛の音色は、空の上の柏木の霊にも聞こえたのでしょうか。

　さて、この日の宴では、上達部たちの楽器演奏が中心だったのですが、「唱歌《しょうが》＝郢曲《えいきょく》」（謡《うた》うこと）の心得《こころえ》のある殿上人《てんじょうびと》たちも召し出されたので、まことに楽しい宴となったのでした。

［宣長説］
　特になし。ただし、宣長は、所持していた『湖月抄』の版本に、他の本との本文の違いを、緻密に書き込んでいる。

例えば、『湖月抄』で、「次々に、琴、箏《さう》の御琴《こと》、琵琶《びは》、和琴《わごん》など」とある箇所には、「琴」がない写本があるとか、「三の宮、琵琶」とある箇所には、「三の宮、琵琶など」とある本がある、という具合である。

宣長は、可能な限りの本文照合を行ったうえで、それでも解決しない箇所については、自分の培った学力に基づいた直感で、「本文の改変」を提案するのだが、当たっている場合と、無理な場合とが混在しているのである。

［評］我が子の成長を見届けられない父親が、万感の思いを込めて、我が子に「形見の宝物」を残すという文学パターン（話型）がある。この場合には、柏木が薫の幸福を願う真心のシンボルが、横笛である。

誤解のないように言っておくが、「横笛」という物体が、薫の幸福を将来したのではない。横笛に込められた、父が子を思う真心、子が父を思う真心。それらが、子どもの人生を好転させるのである。

けれども、今上帝の女二の宮との婚姻が、薫にとって「真実の幸福」だったのかは、はなはだ疑問である。もしかしたら、薫は、大君と結ばれていたとしても、中の君と結ばれても、そして、浮舟とやり直せたとしても、彼が求めてやまない「幸福」には手が届かないのではないか。

それほど、彼の「出生の秘密」は、重い。柏木の罪も、重い。

49—6 薫、浮舟が大君と酷似していることに驚く……「ゆかり」の出現

その年の夏、四月、薫は宇治へ赴いた。たまたま、浮舟が、長谷寺への初瀬詣《はつせもう》での帰途、宇治に立ち寄っていた。その姿を、垣間見た薫は、亡き大君とあまりにも生き写しだったので、激しく心が動いた。

「ゆかり」の手法が、またしても採用されている。

[『湖月抄』の本文と傍注]

尼君《浮舟のさま也》を恥ぢらひて、そばみたる傍《かたは》ら目《め》、これよりは《薫のかたより也》、いと良《よ》く見ゆ。まことに、いと由《よし》あるまみのほど、髪《かん》ざしのわたり、彼《かれ》《大君也》をも、委《くは》しく、つくづくとしも見給はざりし御顔なれど、これ《うき舟也》を見るにつけて、「ただ、それ」と思ひ出《い》でらるるに、例の、涙落ちぬ。尼君の答《いら》へ、うちする声《弁への返答のこゑなど中君に似たると也》、気配《けはひ》の、ほのかなれど、「宮《中君也》の御方《かた》にも、いとよく似たり」と聞こゆ。

「あはれなりける人かな。かかりけるものを、今まで、尋ねも知らで、過ぐしけることよ。これより口惜《くちを》しからん際《きは》の品《しな》ならんゆかりにてだに、かばかり通《かよ》ひ聞こえたらん人を見ては、疎《おろ》かに、え思ふまじき心地《ここち》するに、まして、これは、知られ奉らざりけれど、まことに、故宮《こみや》の御子にこそはありけれ」と見なし給ひては、限りなう、あはれに、うれしくおぼえ給ふ。

唯今《ただいま》も這《は》ひ寄りて、「世の中に、おはしけるものを」と、言ひ慰めまほし。「蓬莱《ほうらい》まで尋ねて、釵《かんざし》の限りを伝へて見給ひけん帝《みかど》は、なほ、いと、いぶせかりけん。これは、異人《ことひと》なれど、慰め所《どころ》ありぬべきさまなり」とおぼゆるは、この人に契《ちぎ》りのおはしけるにやあらん。尼君は、物語、少しして、疾《と》く入り

方士が楊貴妃をたづねし事、長恨歌にあり

玄宗は形見ばかり見給ひしかば猶心もとなかりけんと也

浮舟は、まのあたり大君に

よく似たれば也

ぬ。人の咎《とが》めつる薫《かを》りを（弁が用意也　のぞき給ふよと推したり）、「近くて、覗《のぞ》き給ふなンめり」と心《こころ》得《え》てげれば、打《う》ち解《と》け事《ごと》も語らはずなりぬるなるべし。

［湖月訳］

浮舟は、弁の尼と顔を見合わせるのを恥じて、横を向いている。すると、偶然ではあるが、浮舟は顔の正面を、垣間見《かいまみ》をしている薫に向けたことになった。襖《ふすま》に開《あ》いた穴から覗いている薫は、その顔をはっきりと見届けることができた。見た瞬間に、目もとのあたりが、まことに魅力的である、と感じられる。髪の生《は》えぎわのあたりは、大君の顔もそれほど詳しく、熟視したわけではないのだけれども、浮舟の顔を正面から、しかと見るにつけても、「まったく、大君と同じだ」と感じる。今、見ているのは浮舟の顔であるが、薫は、その顔の中に、恋しい大君の面影を追い、大君を懐かしく思い出しながら、例によって、追慕の涙が溢れ出てくるのだった。

話しかける弁の尼に対して、浮舟の答える声が、かすかに薫にも聞こえてくる。その声は、「中の君と、そっくりだ」と感じられる。薫は、思う。

「何と、素晴らしい女性なのだろう。これほどまでに大君とそっくりな人が、この世にはいたのに、これまで、その可能性を思い寄ることもなく、捜しもせずに、無駄に過ごしてしまったのが惜しまれる。

弁の尼から聞いた話では、この浮舟は、現在、母親（中将の君）が再婚したので、受領《ずりょう》階級である常陸《ひたち》の介《すけ》の継子《ままこ》（義理の娘）であるらしい。たとえ、それより低い身分であったとしても、これほどまでに大君とそっくりな女性を見つけたら、決しておろそかにはできないだろう。まして、浮舟の現在は、受領の継子であっても、父親は八の宮である。八の宮は、浮舟を自分の娘としては認知しなかったと聞いているが、私の見る限り、紛れもなく八の宮の血を引いている」。

浮舟の顔や声によって、浮舟が、大君と中の君の異母妹であると見て取った薫は、これ以上はないほどの嬉しさを覚え、感動のあまり胸が締めつけられるように感じる。

薫は、すぐにでも、浮舟の近くまで寄ってゆき、「大君、あなたは、まだ、この世に生きていらっしゃったのですね。よくぞ、これまで生きていてくださいました」と言って、慰めてあげたい、とまで思った。

これは、『日本書紀』を連想しての言葉である。天稚彦《あめわかひこ》という神が、高天原《たかまがはら》から出雲国に派遣されたが、三年経《た》っても戻って来ず、高御産巣日神《たかみむすびのかみ》によって射殺《いころ》された。天稚彦の親族が悲しんでいると、弔問に現れた味稚高彦根神《あじすきたかひこねのかみ》が、死んだ天稚彦とそっくりだったので、味稚高彦根神にすがりついて、「天稚彦よ、生きていたのか」と喜んだという。この記述を連想したのだろう。

薫は、なおも考え続ける。

「白楽天の『長恨歌』には、楊貴妃と死別した玄宗皇帝が、魔法使いに蓬萊《ほうらい》の国まで行ってもらい、彼が持ち帰った形見の釵《かんざし》を見た、という内容が書かれている。玄宗皇帝は、亡き楊貴妃本人と逢っていないので、形見の品物だけを見ても、さぞかし、張り合いがなく、もどかしい焦燥感に駆られたことだろう。

今、私の目の前に現れた浮舟は、死んだ大君とは別人ではあるものの、異母妹であり、顔かたちも、声も、生き写しだ。この浮舟を身近で見ていられたら、大君を追慕する悲しみも、慰められるのではないだろうか」。

ここまで薫が思ったということは、薫と浮舟の間には、結ばれるべき運命が、前世から存在していたのでしょう。

そのうち、尼君は、浮舟との話を早めに切り上げて、奥の部屋に戻ってしまいました。浮舟の付添の東国人たちが、「良い香りがするな」と訝《いぶか》しんでいたのを聞いたからです。浮舟と話している弁の場所からは、薫は見えませんが、どこからともなく薫の体が放つ芳香が漂ってきているので、「近くから、浮舟を垣間見《かいまみ》ているだろう」と察知したからです。浮舟と打ち解けて話すと、その会話も薫に筒抜けになるので、対面を打ち切ったのでしょう。

［宣長説］

特になし。『湖月抄』は、『日本書紀』の天稚彦の神話を指摘している。『古事記伝』の作者である宣長に、反論があるかもしれないと予想したが、宣長は何も述べていない。

［評］　薫は、浮舟に駆け寄りたかった。ただし、薫は、浮舟本人ではなく、浮舟とそっくりの「亡き大君」を愛している。実体ではなく観念を愛する薫の精神構造は、不思議と、亡き大君の観念的な生き方と似通っている。

それに対して、匂宮は、ありのままの現実を受け容れて生きている。匂宮は、これから浮舟と関係することになるが、「浮舟本人」を愛している。

おわりに……批判の矢に耐えてきた『源氏物語』

『源氏物語』に対する数々の批判

「湖月訳　源氏物語の世界」シリーズ（全六巻）も、いよいよ完結に近づいた。そこで、『源氏物語』の読まれ方の歴史を、少しばかり振り返っておきたい。

『源氏物語』は、世界に誇る文学作品である。しかも、「文学作品」である次元を超えて、「日本文化」のシンボルにもなっている。正確に言えば、「日本文化」を作り続けたエネルギー源。それこそが、『源氏物語』の本質である。

文化人や芸術家たちは、『源氏物語』と向かい合い、影響を受けて、自分たちの想像力や創造力が刺激され、自分の生きる時代にふさわしい「新しい芸術」を作り上げてきた。それだけ、この物語は、日本人に愛され、読み継がれてきたのである。

『源氏物語』に対して捧げられた称賛と感動の言葉は、数多い。

ただし、『源氏物語』ほど、厳しい批判にさらされ続けた古典も、少ないだろう。三角関係や不義密通が繰り返される『源氏物語』は、全編を通して淫靡《いんび》であり、反道徳的である、と指弾されてきた。また、昭和前期には、不義の子（冷泉帝）が天皇に即《つ》くというストーリーが、神聖な天皇制に対して「不敬」である、と攻撃された。旧刑法（一九四七年廃止）には、「不敬罪」の規定があったのである。

加えて、女性的で、恋愛がテーマである『源氏物語』への反発を隠さず、古代の『万葉集』や『古事記』をベースとして、男性的で実直・剛直な「新しい芸術」を模索した文化人・芸術家もいる。

それでは、彼らの批判は、どれほど『源氏物語』の本質と弱点を突いていたのだろうか。

内村鑑三の批判

たとえば、内村鑑三《うちむらかんぞう》（一八六一～一九三〇）という思想家がいる。クラーク博士の教えの残る札幌農学校で学び、キリスト教の立場から、教育勅語、日露戦争、足尾銅山鉱毒事件などに勇気ある発言をし、行動した。その内村に、「後世への最大遺物」（岩波文庫）という講演録がある。

内村は、我々現代日本人が後世の子孫に残すべき最大の遺産は「思想」である、と主張する。そして、「思想」の対極にあり、後世に決して残してはならないものが「文学」である、と批判するのだ。

その発言に耳を傾けよう。明治二十七年(一八九四)の夏、日清戦争の直前に、箱根で行われたキリスト教青年会の夏期学校で、話された。

また日本人が文学者という者の生涯はどういう生涯であるだろうと思うているかというに、それは絵草紙屋《えぞうしや》へ行ってみるとわかる。どういう絵があるかというと、赤く塗ってある御堂のなかに美しい女が机の前に座っておって、向こうから月の上ってくるのを筆を翳《かざ》して眺めている。これは何であるかというと紫式部の源氏の間である。これが日本流の文学者である。しかし文学というものはコンナものであるならば、文学は後世への遺物でなくしてかえって後世への害物である。なるほど『源氏物語』という本は美しい言葉を日本に伝えたものであるかも知れませぬ。しかし『源氏物語』が日本の志気を鼓舞することのために何をしたか。何もしないばかりでなくわれわれを女らしき意気地なしにした。あのような文学はわれわれのなかから根コソギに絶やしたい（拍手）。あのようなものが文学ならば、実にわれわれはカーライルとともに、文学というものには一度も手をつけたことがないということを世界に向って誇りたい。文学はソンナものではない。文学はわれわれがこの世界に戦争するときの道具である。

（第二回）

後年、日露戦争の際には「非戦論」を主張した内村鑑三であるから、彼の言う「戦争」は、悪《あ》しき世界を変革する、思想的な戦いのことを指している。だから、内村が『源氏物語』を批判する最大の根拠は、「われわれは、日本文化と日本社会を、より良いものに変えてゆく使命がある。だが、『源氏物語』では日本社会は何一つ変えられない。むしろ、悪しき世界を温存させるだけである」という点に尽きる。

内村の講演を聴いている若い聴衆は、拍手喝采した。

内村鑑三のような『源氏物語』に対する完全否定の見方は、近代以降、急速に広がり、現代にも及んでいる。私自身、『源氏物語』の研究に志した頃に、複数の知人から、「『源氏物語』って、何か、世の中の役に立っているの？」と質問された体験がある。彼らは、さらに、「そんな『源氏物語』を研究して、何のためになるの？」と、追い打ちを掛けてきた。昭和五十年（一九七五）頃である。

近藤芳樹の、批判を装った擁護

江戸時代後期に、長州藩士で、名文家として知られた文学者に、近藤芳樹《こんどうよしき》（一八〇一～八〇）がいる。『近世八家文選』という書物では、近藤芳樹は、清水浜臣《しみずはまおみ》・伴蒿蹊《ばんこうけい》・村田春海《むらたはるみ》・石川雅望《いしかわまさもち》・賀茂真淵《かものまぶち》・上田秋成《うえだあきなり》・中島広足《なかじまひろたり》と並んで、高く評価されている。『近世八家文選』は、武島又次郎（羽衣《はごろも》）・金子元臣《もとおみ》・池辺《いけべ》（小中村《こなかむら》）義象《よしかた》の共選で、明治四十三年（一九一〇）に出版された。

近藤は、明治維新後には、宮内省の文学御用掛《ごようがかり》を務め、明治天皇の東北巡幸などに供奉《ぐぶ》し、『十符《とふ》の菅薦《すがこも》』（明治九年）などの紀行文を、「漢語」や「外来語」を一切使わない、見事な和語と和文で書き残した。

その近藤芳樹に、『源語奥旨《げんごおうし》』（明治九年）という著作がある。明治期に書かれた『源氏物語』に関する批評の最も早い時期のものであり、重要な意味を持っている。タイトルは、『源氏物語』の本質、という意味である。その書き出しが、面白い。引用符や句読点を打って、引用する。

明治五年の、東京日新堂の日誌に、「方今、文明、日進《ひびにすすみ》、学校の盛《さかん》なること、古来、いまだ嘗《かつ》てあらざる所なり。就中、西京において、中小学の設《まう》け、大に備《そな》はれる」云々《うんぬん》の末に、「西京の女子は、従来容貌の美を以て、天下に冠たる者なるに、今又、才学を研《みが》かば、善を尽し、美を尽すといふべし。古昔《むかし》、紫式部・清少納言等、才、且《かつ》、美ならざるにあらずといへども、到底、実用の学にあらず。今一両年を経《へ》ば、西京の女子、豈《あに》、此《この》輩の下にあらんや」とあるをみて、予《よ》、大に感じておもへらく、予、少年の時より、鬚《ひげ》を撚《ひね》るの丈夫《ますらを》ながら、式部の著《あら》はせる源氏物語を好み、その末書をもあまた渉猟し、猶《なほ》、補註をさへせんとおもへりしに、此《この》日誌をよみて猛省すれば、実に赧顔《たんがん》の至りなり。故《ゆゑ》に、其《その》志を翻《ひるが》へし、つひに筆を拋《なげう》ちたりき。

近藤芳樹は、「明治五年の、東京日新堂の日誌」を読んだ体験をきっかけとして、この『源語奥旨』を書き始めた、と述べている。

私は、『源語奥旨』を初めて読んだ大学院生の頃から、この「日誌」の記事の実物を突き止めようと努力してきた。だが、なかなか見つからずに、その後、二十年以上も時間を浪費してしまった。「東京日新堂の日誌」とあるから、この「日誌」が、日新堂が刊行していた『新聞雑誌』であろうことは、容易に推測できた。ちなみに、この『新聞雑誌』は、近藤と同じ長州出身の木戸孝允《きどたかよし》（一八三三～七七）が出資していたとされる。

だが、図書館で、明治五年の『新聞雑誌』を、隅から隅まで閲覧しても、とうとう見付けられなかった。以来、ずっと、そのままになっていたが、ある時、「明治五年」という年号が近藤の錯覚かもしれず、その前後の年にまで調査を広げてみたらどうだろうか、と思い立った。すると、あっけないほど、すぐに発見できた。「明治四年」六月発行の第五号だった。見つけた時には、しばし、目を瞑《つむ》った。

『新聞雑誌』は、各号の表紙に、明治四年とか明治五年などの数字を表記せず、「明治辛未」とか「明治壬申」などと表記している。「明治辛未」が明治四年、「明治壬申」が明治五年である。近藤芳樹は、「明治辛未」、すなわち明治四年の第五号を目の前に置いて、その記事を書き写しつつ、『源語奥旨』を執筆し始めた。だが、「ひつじ年」が明治何年であったか、確認することなく、なぜか「明治五年」だと錯覚し、『源語奥旨』を書いてしまったのである。その錯覚に、後世の研究者が気づくまでに、二十年以上もかかったのは、何とも情けないことだった。ただし、見つかって良かった、と心から嬉しかった。

近藤芳樹の真意を理解するために、わかりやすく現代語訳しておこう。「明治五年」は「明治四年」に改めさせてもらう。

《東京の日新堂から刊行されている『新聞雑誌』は、私と同郷の木戸孝允卿の肝煎りということもあり、毎号、読んでいる。その『新聞雑誌』の明治四年六月刊行の第五号には、興味深い記事が載っていた。

何でも、京都では、近年、教育制度がたいそう充実しているそうである。「明治維新以来、文明は、日々に進んでいる。学校制度も、きわめて充実してきており、中学や小学の新設が相次いでいて、その規模は、これまでなかったほど盛んである」などという冒頭文があり、それに引き続いて、具体的な統計や学生数、優秀な学生の氏名を挙げながら、京都の教育界の充実ぶりを、詳しく報道している。

ところが、この『新聞雑誌』の記事の結びの段落が、私の心に深く突き刺さった。「京都の女性は、これまで、容貌の美しさで、その名声を天下に轟かせてきた。今、近代的な学校制度の充実によって、学問を身に付け、持って生まれた才質を磨《みが》けば、彼女たちには精神的・道徳的な『善』も備わり、完全な『美』を修得することが可能である。平安時代の京都には、『源氏物語』を書いた紫式部や、『枕草子』を書いた清少納言が活躍していた。彼女たちは、才質に富み、また、精神的な美を具現していなかったわけではないが、彼女たちの残した作品は『実用の学』とは無縁な、軽佻浮薄な恋愛譚ばかりだった。今、京都で、文明開化の時代にふさわしい、新しい学校教育を受けている女子学生たちが、これから一年間、いや二年間、熱心に学問に励めば、彼女たちの身に付ける『美』は、どうして紫式部や清少納言たちよりも劣ることがあろうか」。

この『新聞雑誌』の記事を読んで、心の中で思うことが、たくさんあった。なぜならば、私は、「実用の学ではない」と断罪された『源氏物語』を、幼少の頃から愛読してきた人間だからである。私は無骨者で、物心がついた時には、既に髭面で、その鬚を撫でながら、考え事をするのが常だった。見た目は、そのような偉丈夫だった私ではあるが、紫式部の著した『源氏物語』を好み、その研究書や注釈書、さらには評論書を次々と読みあさり、それにさえ満足できずに、自分自身でも『源氏物語』に関する注釈書を著したいと思ってきた。だが、そういう『源氏物語』への愛着は、この『新聞雑誌』の記事によれば、近代日本に最も必要な「実学」ではない、と言う。今の日本に必要なのは「実学」であり、『源氏物語』はその対極にあるという記事を読んで、心の底から反省した。まさに、汗顔の至り

である。そして、『源氏物語』の注釈書を書きたいという願いも捨て去ったのだった。》

以上が、近藤芳樹の感慨である。むろん、これは、近藤芳樹の演技、すなわち、言葉の綾《あや》である。『源語奥旨』は、このあと、近藤の夢に現れた紫式部が、『源氏物語』執筆に籠めた「真意＝奥旨」を、近藤に語り聞かせる、という流れである。

だが、近藤芳樹の名文を以てしても、『源氏物語』は「実用の書」ではない、だから世の中の役にならないという、近代人の批判には、正面から答えきれていない、と私には思われる。

内村鑑三は、おそらく『源氏物語』を読まずして、『源氏物語』を傑作として崇め続けてきた伝統文化を攻撃し、その基盤を根底から突き崩そうとした。内村は、近代日本の「良心」と評価されている人物である。

近藤芳樹は、『源氏物語』を深く読み込み、愛してきた。幸か不幸か、明治維新を乗り越え、近代日本の黎明期に立ち会えた。その近藤は、古典文化の延長として、見事な文語文で近代日本の文明社会の世情を写し取っているが、文語文の最高権威である『源氏物語』への批判を、受け止めきれなかったうらみがある。

それほど、我が国の近代化は急激だったのであり、『源氏物語』の世界は「害物」となりつつあったと、近藤芳樹は危機感を表明している。

中島広足の根源的な批判

もう一人、『源氏物語』に対する根底からの批判を行った人物を紹介しておきたい。中《なか》島広足《じまひろたり》（一七九二〜一八六四）である。

中島広足は、近藤芳樹と共に、『近世八家文選』に収録された名文家であり、国学者である。熊本藩士であるが、永く長崎で暮らし、オランダのもたらす西洋文化、その軍事力と経済力の脅威に直面し続けた。『近世八家文選』の「緒論」（前書き）には、次のようにある。

徳川時代の末期に出でて文章界棹尾の活動をなしたりし者は、中島広足と近藤芳樹なるべし。

「棹尾」は、「掉尾《ちょうび》」の誤植であろう。広足は、文政九年（一八二六）に、「物語文論」という文章を書いている。「物語文《ものがたりぶみ》」、すなわち、『源氏物語』などの物語に書かれている「文《ふみ》＝文章」について、論じたものである。

広足は、物語は、「女の打《う》ち解《と》け話《ばなし》」である、という大前提に立って、江戸時代後期を生きる「男」は、どういう文章を書くべきかを考えている。現代のフェミニズムの立場からは、とうてい承服できない論理展開であるが、江戸時代後期を代表し、明治維新の直前まで生きていた名文家の「文章論」なので、その主張を聞くだけでも聞いておきたい。

そのかみより、世間《せけん》におしなべて、いとめでたしと、持《も》て囃《はや》せるは、『伊勢』『源氏』の二つなり。しかるに、今の世、雅文《みやびぶみ》書く事を学ぶ人、『伊勢』をば暫《しばら》く置きて、『源氏』を宗《むね》と、学び書くめる。実《げ》に、此《こ》の物語は、『伊勢』よりも、こよなく事広《ことひろ》く、細《こま》やかに至らぬ隈無《くまな》く、書き表《あらは》せるものなれば、今、何事《なにごと》を書かむにも、其《そ》の趣《おもぶ》き、言《こと》葉遣《ばづか》ひの、此《こ》の物語に漏れたるは無《な》かりけり。

然《さ》れば、いと良き師にはあれど、其《そ》れ、基《もと》、女の書けるものなれば、其《そ》の言葉遣《ことばづか》ひも、女の振《ふ》りにて、思ふ心の細《こま》やかなるも、女の心物語、はた、女の物語なり。然《さ》れば、今、此《これ》を学ばむに、女こそあれ、男は良く選び取りて、言葉遣《ことばづか》ひも、事の趣《おもぶ》きも、あふなあふな、男の振《ふ》りに適《かな》へらむをのみ、写し取り書くべきなり。此の選び無くして、いたく愛《め》づる余り、ひたぶるに、其《そ》の様《さま》を羨み、真似《まね》び書く時は、男にして女言葉を使ひ、かつ、女の心向けに成《な》りぬべし。（中略）物語文《ものがたりぶみ》も、此《こ》の心延《こころば》へなれば、如何《いか》にめでたく学び取りて、全《また》く『源氏』の如《ごと》、書きたらむにも、男にして男の魂無《たましひな》からむ。文《ふみ》は、もし、そのかみの人の見たらむには、「あな女々《めめ》しく、くねくねしの男や」とぞ笑ひぬべき。

中島広足は、国学者である。だから、「男の振《ふ》り」という言葉を彼が用いる場合には、「益荒男振《ますらおぶ》り」（男風）という意味であり、その反対語が、「手弱女振《たおやめぶ》り」（女風）である。『源氏物語』は、むろん後者である。

真淵の弟子である本居宣長が確立した国学は、儒教・仏教などの外来思想を排除し、我が国の古来の心に立ち返ることを、モットーとした。『万葉集』や『古事記』などの、雄渾で、力強い古代語が、称揚された。

この「物語文論」を書いた二年後の一八二八年に、長崎ではシーボルト事件が起きる。海外に持ち出すことを禁じられた日本地図を、シーボルトが秘かに持ち出そうとしていたことが、彼の乗船予定だった船が暴風雨で難破して、発覚したのである。

この時、広足も、長崎から郷里の熊本に帰郷すべく、舟に乗っていて暴風雨に巻き込まれた。その記録が、名文として名高い「樺島浪風記《かばしまろうふうき》」に記載されている。広足は、嵐と戦っただけではない。日本人にも少なからぬ被害が出たが、シーボルトの野望を打ち砕いた暴風は、神の恩寵である神風だった、と述べている。

西洋文化の脅威と「戦う国学者」である広足にとって、『源氏物語』の文体は、「戦わざる文体」だった。だから、国家を守るために外敵と戦うことも辞さない益荒男には、ふさわしくない文体だ、と広足は『物語文論』で主張しているのである。

幕末期に、全国に広がった国学は、戦う思想だった。だからこそ、「攘夷」と「倒幕」の行動に直結した。

逆に言えば、広足が「女の言葉遣ひ」であり、「女の振《ふ》り」（女性風）と規程した『源氏物語』は、「戦い」ではなく、「平和」をモットーとする作品だったのである。

社会正義を実現するために、悪《あ》しき世界に対して「思想の戦争」を挑んだ内村鑑三が、『源氏物語』を「害物」と見なしたのも、この物語が「平和」と「調和」をモットーとしたからにほかならない。

この「平和」こそ、中世から江戸時代中期までの『源氏物語』の読者たちが求めてきた「主題」なのだった。「平和」を実現し、維持する力を持った『源氏物語』を、「実用的でない」と批判する近現代人の文明観は、はたして正しいのであろうか。

『湖月抄』の再評価から

本書は、北村季吟の『湖月抄』で、『源氏物語』を読むことを基本姿勢とした。その上に、宣長の解釈を重ねて検証した。このアプローチによって、宣長が乗り越えたと思われていた『湖月抄』の解釈が新鮮に蘇った。

『湖月抄』の読み方は、近世から近代にまで、広く及んでいた。『源氏物語』は、世界と人類が、平和と調和を手にするための教訓書・教科書だったのである。

その教訓は、源平争乱から大坂夏の陣にいたるまでの、戦乱の時代の人々の願いを吸い上げたものだった。二十一世紀の現在、いまだに世界規模の戦乱・混乱・大規模災害が起き続けている。

『源氏物語』は、平和をもたらし維持するエネルギー源である。これほど「実用的」な書物が、ほかにあるだろうか。

内村鑑三や中島広足は、『源氏物語』を根幹に据える日本文化では、とうてい世界と戦えない、という論陣を張った。私は、そうは思わない。内村や広足への反論として、本シリーズを書き下ろした次第である。

本書の表紙デザインには、「榛原千代紙【亀八号】おしどり」を用いた。このシリーズを刊行開始する前に、榛原の千代紙の数々を見ていて、「これは、必ず使いたい」と願っていたデザインである。森鷗外の妻志げの著作『あだ花』(明治四十三年、弘学館)の見返しに用いられたデザインである。この写真を、「私がわたしであること――森家の女性たち 喜美子、志げ、茉莉、杏奴」(文京区立森鷗外記念館、平成二十八年)のカタログで見た記憶が、このシリーズのカバーに榛原の千代紙を用いたいと思った端緒だった。その『あだ花』の初版本も、購入できた。

正篇が終わり、宇治十帖の扉が開かれる第V巻で、満を持して、この「おしどり」を使わせてもらった。水は時間の流れを表し、鴛鴦鳥《おしどり》は時間の流れの中を漂う人間の姿を表している、と感じたからである。

宇治川の流れを見ながら生きた三人のヒロインたち――大君・中の君・浮舟――の姿が、

このデザインの中には織り込まれている。

古来、鴛鴦鳥は、夫婦円満のシンボルである。この「【亀八号】おしどり」とぴったりな文章を『源氏物語』の中から捜すと、正篇の胡蝶《こちょう》巻に見つかる。

光源氏は、六条院で栄華の絶頂にある。春の庭の広大な池では、水鳥たちが美しくさえずり、楽しそうに泳ぎ回っている。(24—4参照)

水鳥どもの、つがひを離れず遊びつつ、ほそき枝どもをくひてとびちがふ、鴛鴦《をし》の、波の綾《あや》に、紋《もん》をまじへたるなど、物の絵様《ゑやう》にも、描《か》きとらまほしき、まことに斧《をの》の柄《え》も朽《くた》いつべう思ひつつ、日を暮らす。

まさに、この鴛鴦鳥を「物の絵様」(美術のデザイン帖、カタログ)に描き取ったのが、榛原の「おしどり」である。

けれども、文学作品では、「夫婦円満」や「家庭円満」の姿が描かれることは少ない。だからこそ、「鴛鴦鳥」の図柄(紋様)は、人間の永遠の願いとして、美しく、そして悲しく存在し続ける。

白楽天の『長恨歌』には、楊貴妃と死別した玄宗皇帝の孤独が、「鴛鴦《ゑんあう》の瓦《かはら》は冷たくして霜華《さうくわ》重し」と語られている。『源氏物語』の葵《あおい》巻では、「霜の華白し」という本文で引用されている。

夫婦の仲が睦まじい鴛鴦を象った瓦の上には、冷たい霜が真っ白に降りている。玄宗の脳裏には、鴛鴦鳥の夫婦が穏やかな水辺を仲良く泳いでいる姿が、深い哀しみと共に思い浮かべられていたことだろう。

「おしどり」は、自己実現への憧れの念を結晶させたデザインである。

『源氏物語』の朝顔《あさがお》巻。冬の夜、光源氏と紫の上が、歌を詠み交わす場面がある。紫の上は、光源氏の女性遍歴に悩んでいる。


凍《こほ》り閉《と》ぢ石間《いしま》の水は行《ゆ》きなやみ空澄《そらす》む月の影ぞ流るる

「私（紫の上）は、氷結した水の中に閉じ込められて動けないのに、あなた（光源氏）は、月のように大空を（多くの女性の間を）自由に動き回っている」と、紫の上は嘆く。その嘆きは、光源氏には届かない。

光源氏の目には、嘆き悲しむ紫の上が、見れば見るほど、恋しい藤壺と似ている。その時、庭の池で、鴛鴦鳥が鳴く声が聞こえた。光源氏が詠んだ歌は、紫の上への慰めになっているだろうか。


かきつめて昔恋しき雪もよに哀れを添ふる鴛鴦《をし》の浮《う》き寝《ね》か

光源氏が心の中で望んでいるのは、「自分と藤壺」が鴛鴦鳥のように仲良く暮らす姿なのか。それとも、「自分と紫の上」の二人の姿なのか。歌を詠んだ当人である光源氏にも、わかっていないだろう。それがわかるまで、光源氏の自己実現はない。彼の「心の旅路」は続く。

孤独な人間は、今の自分が「本当の自分ではない」という悲しみを抱えて、生きている。ならば、「本当の自分」は、どこにある（いる）のか。

「愛する人、大切な人と共に、自分は生きている」という実感が得られた時に、人間は「真実の自己」と出会い、自己実現を遂げるのではないだろうか。

そのためには、「誰と共に、自分は人生を歩みたいか」という相手が、具体的な人物名として意識されなければならない。

そして、本巻で取り上げた橋姫《はしひめ》巻。八の宮は、亡き北の方を思い、残された二人の娘たちの未来を悲観する（45―3）。

打ち捨てて番《つがひ》去りにし水鳥の仮《かり》のこの世に立ちおくれけん

八の宮は、政治的に不遇だった。弘徽殿の大后の陰謀に加担させられた。一時は失脚していた光源氏が復活するや、八の宮はすべてを失った。愛する北の方との暮らしも、彼女が二人目の姫を出産直後に急逝して、突然に終了した。

二人の子鳥を連れた父鳥が、世の片隅で生きている。八の宮の頭の中には、夫婦の「鴛鴦鳥」と、二羽の子鳥、合わせて四羽の鳥たちが仲良く水の上で遊ぶ姿が、「叶えられなかった願望」として、思い浮かべられていたことだろう。

八の宮、大君、中の君、そして浮舟が、眺める宇治川には、「柴舟」が浮かんでいる。水の上に浮かぶ舟人たちは、水鳥のような一生を送っている。川を行き交う舟人を眺める側の人々も、水鳥のように、よるべなき生を生きる定めである。

よるべなき生を、納得して生きる時、そこに新しい自己認識が芽生える。自分と手を携えて、時間と空間の中を漂い続けてくれる同伴者。その人が見つかれば、自分一人でいる世界という殻が破れる。他者と自己が共に生きる時、そこに新しい世界観が姿を現す。

世界認識を変えれば、世界そのものも変わるだろう。総角《あげまき》巻で死去した大君は、自分が薫と「鴛鴦鳥」のように羽を交わして眠る姿を、思い浮かべられなかった。けれども、妹の中の君が薫と結婚して、人生を二人で歩むことは応援したいと思っている(47―4参照)。

榛原の「おしどり」たちの、平和な姿は、宇治十帖の人々の願いが凝縮しているもののように、私には思える。

作者の紫式部にも、水鳥の歌がある。

水鳥を水の上《うへ》とやよそに見ん我も浮きたる世を過ぐしつつ

思い悩むことが何も無さそうに水の上で遊んでいる水鳥も、心の中は苦しいのだろう、と思いやる歌である(『紫式部日記』)。その紫式部の苦悩は、時代を超えて読者に受け継がれてきた。作者と読者の心の紐帯が作り出す「源氏世界」が、ここには存在する。

互いの心の中の苦しみや悲しみを思いやりつつ、紫式部も、大君も、浮舟も、読者たちも、「源氏世界」という広大な池を逍遙している。

この表紙デザインを、『源氏物語』、なかんずく、宇治十帖の登場人物たちに献げたい。

本書でも、橋本孝氏と江尻智行氏の共同作業が実現しました。

花鳥社の橋本孝氏の友情には、心から感謝しています。いよいよ、次は最終巻となります。最後の第VI巻まで、伴走(同伴)のほど、よろしくお願いします。

組版については、トム・プライズの江尻智行氏に、多大なご尽力をいただきました。本文の「左ルビ」など、江尻氏のお力添えのたまものです。これまでの伴走(同伴)に、言葉では表せないほどに感謝しています。ありがとうございました。

二〇二四年十一月二十五日
三島由紀夫の『天人五衰』を手に取り、薫の体臭が変わる日があるのかと思いつつ

島内景二

島内景二（しまうち・けいじ）

一九五五年長崎県生
東京大学文学部卒業、東京大学大学院修了。博士（文学）
現在　電気通信大学名誉教授
二〇二〇年四月から二年間、ＮＨＫラジオ第二「古典講読・王朝日記の世界」を担当。二〇二三年四月から再び「古典講読・日記文学をよむ」を担当。二〇二四年四月から「古典講読・名場面でつづる『源氏物語』」を担当。

主要著書
『新訳建礼門院右京大夫集』『新訳更級日記』『新訳和泉式部日記』『新訳蜻蛉日記　上巻』『王朝日記の魅力』
『新訳紫式部日記』『新訳　うたたね』『新訳　十六夜日記』『和歌の黄昏　短歌の夜明け』（共に、花鳥社）
『塚本邦雄』『竹山広』（コレクション日本歌人選、共に、笠間書院）
『源氏物語の影響史』『柳沢吉保と江戸の夢』『心訳・鳥の空音』（共に、笠間書院）
『北村季吟』『三島由紀夫』（共に、ミネルヴァ書房）
『源氏物語に学ぶ十三の知恵』（ＮＨＫ出版）
『大和魂の精神史』『光源氏の人間関係』（共に、ウェッジ）
『文豪の古典力』『中島敦「山月記伝説」の真実』（共に、文春新書）
『源氏物語ものがたり』（新潮新書）
『御伽草子の精神史』『源氏物語の話型学』『日本文学の眺望』（共に、ぺりかん社）
歌集『夢の遺伝子』（短歌研究社）

湖月訳 源氏物語の世界 V

「名場面でつづる『源氏物語』」

二〇二五年一月十五日 初版第一刷発行

著者……島内景二

発行者……相川 晋

発行所……株式会社 花鳥社

https://kachosha.com

〒一〇一-〇〇五一 東京都千代田区神田神保町一-五十八-四〇二

電話 〇三-六三〇三-二五〇五

FAX 〇三-六二六〇-五〇五〇

カバー装画……千代紙「日本橋 榛原」©提供

組版……江尻智行

印刷・製本……モリモト印刷

©SHIMAUCHI, Keiji 2025, Printed in Japan

ISBN 978-4-86803-005-8 C1095

乱丁・落丁本はお取り替えいたします。定価はカバーに表示してあります。

好評既刊

和歌の黄昏　短歌の夜明け

島内景二 著

歌は、21世紀でも「平和」を作りだすことができるか。
日本の近代を問い直す！

「『古今和歌集』から日本文化が始まる」という新常識のもと、千四百年の歴史を誇る和歌・短歌の変遷を丁寧にひもとく。「令和」の時代を迎えた現代が直面する、文化的な難問と向かい合うための戦略を問う。江戸時代中期に興り、本居宣長が大成した国学は、平和と調和を祈る文化的エッセンスである「古今伝授」を真っ向から否定した。『古今和歌集』以来の優美な歌では、外国文化と戦えないという不信感が『万葉集』を復活させたのである。強力な外来文化に立ち向かう武器として『万葉集』や『古事記』を持ち出し、古代を復興した。あまつさえ、天才的な文化戦略家だった宣長は、「パックス・ゲンジーナ」（源氏物語による平和）を反転させ、『源氏物語』を外国文化と戦う最強の武器へと組み換えた。これが本来企図された破壊の力、「もののあはれ」の思想である。だが、宣長の天才的な着眼の真意は、近代歌人には理解されなかった。『源氏物語』を排除して、『万葉集』のみを近代文化の支柱に据えて、欧米文化と渡り合おうとする戦略が主流となったのである。

序章　早わかり「和歌・短歌史」

I　和歌の黄昏

1　和歌は、異文化統合のシステムだった　2　皆殺しの短歌と、「四海兄弟」の和歌　3　中島広足と神風思想　4　三島由紀夫は、和歌文化を護ろうとした　5　蓮田善明の「反近代」、そして「反アララギ」　6　「もののあはれ」という暴力装置　7　赤穂浪士たちの仇敵は、源氏文化だった　8　本居宣長の「大和心」と「大和魂」　9　明治天皇と「大和心」　10　近藤芳樹と『源氏物語』　11　橘守部による和歌の大衆化　12　香川景樹と「原・もののあはれ」　13　江戸の文人大名と『源氏物語』

II　短歌の夜明け

14　現代短歌は、いつから平面化したのか　15　短歌の物語性と批評性の母胎は、漢語である　16　正岡子規と『源氏物語』　17　正岡子規の「歴史」詠　18　短歌と新体詩の距離　19　大和田建樹の新体詩の戦略　20　落合直文は、なぜ「折衷派」なのか　21　樋口一葉は旧派歌人だった　22　森鷗外の和歌と小説　23　翻訳詩の功罪……上田敏の『海潮音』　24　在原業平になりたかった男……与謝野鉄幹　25　「西下り」した女業平……与謝野晶子　26　佐佐木信綱と古典文学　27　佐佐木信綱の『新月』　28　『まひる野』と、窪田空穂の「神」　29　若山牧水のあくがれた「城」と「国」　30　若山牧水と『伊勢物語』　31　若山牧水と古典和歌　32　原阿佐緒の『涙痕』を読む　33　北原白秋と『小倉百人一首』　34　北原白秋『桐の花』と、「もののつれづれ」　35　「もののあはれ」と革命……石川啄木　36　斎藤茂吉『赤光』と「もののあはれ」　37　島木赤彦『切火』と、近代文語　38　伊藤左千夫と日露戦争

終章　「もののあはれ」と日本、そして世界

おわりに……「令和」の祈り

A5判、全348ページ・本体2800円＋税

新訳 建礼門院右京大夫集

好評新刊　島内景二著『新訳シリーズ』

『建礼門院右京大夫集』は恋の思い出をもっとも美しい言葉で書き綴った古典文学だと思います。思い出す、忘れない、記憶しつづけることで、かつての恋人は命を失ったあとも右京大夫の心の中で生きつづけます。思い出に生きた建礼門院右京大夫という女性が亡くなった後も『建礼門院右京大夫集』という作品が残りました。この作品を読むことで、右京大夫の心の中の大切な思い出は世々に残され、読者に伝わり、蘇ります。『建礼門院右京大夫集』という作品を少年時代に愛読した文学者に三島由紀夫がいることを紹介いたしました。「玉刻春《たまきはる》」という小説に『建礼門院右京大夫集』の和歌が引用されているのでした。三島は「たまきはる」を書き上げた直後に「世々に残さん」という小説を書いています。これは『建礼門院右京大夫集』の跋文に記されている定家の歌にあった言葉ですね……。昭和の太平洋戦争に直面した男女が、この作品、『建礼門院右京大夫集』を愛読した事実は思い出という人間の行為のリアリティと崇高さを物語っています……NHK「古典講読」最終回より

はじめに……『建礼門院右京大夫集』への誘い
Ⅰ　上巻の世界　0標題～41高倉院、崩御―上巻の終わり
Ⅱ　下巻の世界　42平氏一門の都落ち―下巻の始まり～64俊成九十の賀／65跋文／奥書
おわりに

四六判、全582ページ・本体2700円＋税

新訳 十六夜日記

好評新刊　島内景二著　——作者の体温がいきいきと伝わる『新訳』シリーズ

『古事記』以後、明治維新まで「古典文学」が生まれ続けた「古典の時代」の中間点を阿仏尼は生きた。『十六夜日記』以前と以後とで、日本文学や日本文化は異なる様相を呈している。

文学とは何か。日本文学、いや、日本文化の要となっている「和歌」とは何か。そのことを、突き詰めて考えたのが『十六夜日記』である。中世文化は、藤原定家から始まった。……その定家の子（後継者）である藤原為家の側室が、阿仏尼だった。定家を水源として流れ始めた中世文化のながれは、為家の時代で二条家、京極家、冷泉家という三つに分流した。その分流の原因となったのが、阿仏尼にほかならない。その意味でも『十六夜日記』は、日本文化の分水嶺だと言える。

本作は阿仏尼五十五歳の頃の日記。亡夫、為家の遺産を我が子に相続させる訴訟のため、都から東海道をくだって鎌倉に下向した旅を描く。苦悩も絶望も、阿仏尼はわたしたち現代人となんと似通っていることか。

はじめに……『十六夜日記』への誘い　Ⅰ 私はなぜ、旅人となったのか　Ⅱ 惜別の賦　Ⅲ 東海道の旅の日録　Ⅳ 鎌倉と都との往復書簡　Ⅴ 勝訴を神に祈る長歌と反歌　Ⅵ 裏書　あとがき

四六判、全310ページ・本体2200円＋税

王朝日記の魅力

好評新刊　島内景二 著

本書はこの数年に公刊した『新訳更級日記』『新訳和泉式部日記』、『新訳蜻蛉日記　上巻』の姉妹版です。NHKラジオ放送と連動してそれぞれの全文の現代語訳は果たされたが、放送では話されたものの既刊3冊には含まれていない台本を基にして書き下ろされたものです。

三浦雅士氏評『毎日新聞』2021年10月23日「今週の本棚」掲載　〈古典が現代に蘇るのはなぜか〉

名著である。記述新鮮。冷凍されていた生命が、目の前で解凍され、再び生命を得て動き出す現場に立ち会っている感じだ。道綱の母も孝標《たかすえ》の娘も和泉式部も、生身の女性として眼前に現われ、それぞれの思いをほとんど肉感的な言葉で語り始める。ですます調ではないが、もと放送用に書かれたからかもしれない。だがそれ以上に、著者が女たちに共鳴し、それが読者にまで及ぶからだと思える。

『蜻蛉日記』中巻、『更級日記』、『和泉式部日記』の三部から成る。目次を見て、なぜ『蜻蛉日記』の上巻からではなく中巻から始まるのか、などと訝《いぶか》しく思ってはならない。中巻は『蜻蛉日記』作者の夫・兼家らの策謀によって、醍醐《だいご》帝の皇子で臣籍降下した源高明《たかあきら》失脚の安和《あんな》の変から始まる。藤原一族の外戚政治が決定的になった事件である。この兼家の子が道隆、道綱、道長なのだ。

言うまでもなく、道隆の娘・定子が一条帝に嫁した後宮で清少納言の『枕草子』が書かれ、同じ帝に嫁した道長の娘・彰子の後宮のもとで紫式部の『源氏物語』が書かれた。『源氏物語』が、その心理描写において、いかに『蜻蛉日記』の影響下に書かれたか、言葉遣いはもとより、人間関係の設定そのものに模倣の跡が見られることが、記述に沿って説明されてゆく。しかも、『源氏物語』に死ぬほど憧れたのが『更級日記』の作者・孝標の娘であり、彼女は道綱の母の姪《めい》にほかならなかった。

まるで、ある段階の藤原一族がひとつの文壇、それも世界文学史上まれに見る高度な文壇を形成したようなもの。さらにその孝標の娘が、『夜の寝覚《ねざめ》』『浜松中納言物語』の作者である可能性が高いと著者は言う。読み進むにつれて、それは間違いないと思わせる。『浜松中納言物語』に描かれた輪廻《りんね》転生が三島由紀夫の「豊饒《ほうじょう》の海」四部作まで流れてくるわけだが、日本語の富というほかない。日本文学は、一族が滅ぼしたその相手側の悲劇を深い同情の念をもって描く美質をもっていることに、あらためて感動する。

むろん、すべて周知のことだろうが、これまでは独奏、室内楽として読まれてきた日記や物語が、じつは巨大なオーケストラによる重厚な交響曲の一部にほかならなかったことが明かされてゆくのである。その手際に驚嘆する。

この手法はどこから来たか。著者には、古典現代語訳のほかに、『北村季吟』『三島由紀夫』という評伝があってその背景を窺《うかが》わせるが、とりわけ重要なのは、評伝執筆後、雑誌『日本文学』に発表された評論「本居宣長と対話し、対決するために」である。十年ほど前の作だがネットで読める。季吟、宣長、橘守部《たちばなもりべ》三者の、王朝語に向き合う姿勢を対比して、古代がイデオロギーとして機能してゆくそのダイナミズムを論じたものだが、最後に浮き彫りにされるのは現代あるいは現在というものの重要性というか謎である。

小林秀雄『本居宣長』冒頭は折口信夫との対話の様子から始められるが、印象に残るのは「宣長は源氏ですよ」と別れ際に語った折口の一言。著者の評論は、この小林と折口の対話の焦点を理解するに必須と思えるが、それ以上に、本書『王朝日記の魅力』の淵源《えんげん》を端的に語る。王朝文学が21世紀の現在になぜ生々しく蘇《よみがえ》るのか、その謎の核心に迫るからである。

四六判、全４９０ページ・本体２４００円＋税

新訳 うたたね

好評新刊　島内景二著　『新訳』シリーズ

……阿仏尼が若き日の「恋と隠遁と旅」を物語のように書き紡いだのが『うたたね』という作品だった。『うたたね』は、阿仏尼が藤原為家と出会った頃に書き始められ、完成したのだろう。『うたたね』の最初の読者は、あるいは為家だったのかもしれない。『源氏物語』を咀嚼しているだけでなく、『源氏物語』の注釈研究を自家薬籠中のものとし果《おお》せた阿仏尼の輝かしい才能を、為家は深く愛したのではなかったか。為家の愛を勝ち取るために、阿仏尼は、『源氏物語』を武器として、懸命に運命と戦ったのである。為家の愛は、文学に向けられていた。阿仏尼は、美しい文学を生み出せる、稀有の才能の持ち主だった。その証しが、『うたたね』である。

はじめに……『うたたね』への誘い　Ⅰ　北山を出奔……ある恋の終わり
Ⅱ　西山と東山での日々……籠もりの果てに
Ⅲ　東下りと帰京……ある旅の記録　あとがき

四六判、全220ページ・本体1800円＋税

新訳蜻蛉日記　上巻

好評既刊　島内景二著　『新訳』シリーズ

『蜻蛉日記』を、『源氏物語』に影響を与えた女性の散文作品として読み進む。『蜻蛉日記』があったからこそ、『源氏物語』の達成が可能だった。作者「右大将道綱の母」は『源氏物語』という名峰の散文作品の扉を開けたパイオニアであり、画期的な文化史的意味を持つ。

はじめに　『蜻蛉日記』への誘い　Ⅰ　序文　Ⅱ　天暦八年（九五四）　十九歳　Ⅲ　天暦九年（九五五）　二十歳　Ⅳ　天暦十年（九五六）　二十一歳　Ⅴ　天暦十一年＝天徳元年（九五七）　二十二歳　Ⅵ　応和二年（九六二）　二十七歳　Ⅶ　応和三年（九六三）　二十八歳　Ⅷ　応和四年＝康保元年（九六四）　二十九歳　Ⅸ　康保二年（九六五）　三十歳　Ⅹ　康保三年（九六六）　三十一歳　Ⅺ　康保四年（九六七）　三十二歳　Ⅻ　康保五年＝安和元年（九六八）　三十三歳　ⅩⅢ　跋文

四六判、全408ページ・本体1800円＋税

新訳和泉式部日記

好評既刊　島内景二著　『新訳』シリーズ

もうひとつの『和泉式部日記』が蘇る！

底本には、現在広く通行している「三条西家本」ではなく、江戸から昭和の戦前まで広く読まれていた「群書類聚」の本文、「元禄版本」（「扶桑拾葉集《ふそうしょうようしゅう》」）を採用。あなたの知らない新しい【本文】と【訳】、【評】で、「日記」と「物語」と「歌集」の三つのジャンルを融合したまことに不思議な作品〈和泉式部物語〉として、よみなおす。

はじめに

Ⅰ　夏の恋　1　思いがけない文使い　2　花橘の一枝　ほか

Ⅱ　秋の恋　15　七夕の夜　16　薄暮の対面　17　距離が心を近づける　ほか

Ⅲ　冬の恋　23　手枕の袖　24　一筋の光明と、惑う心　ほか

Ⅳ　新春の恋　39　宮邸での新年　40　世の中を行方定めぬ舟と見て

解説

四六判、全328ページ・本体1700円＋税

新訳更級日記

好評既刊　島内景二著　**『新訳』シリーズ**

安部龍太郎氏（作家）が紹介――「きっかけは、最近上梓された『新訳更級日記』を手に取ったことです。島内景二さんの訳に圧倒されましてね。原文も併記されていたのですが、自分が古典を原文で読んできていなかったことに気づきました。65年間もできていなかったのに〝今さら〟と言われるかもしれませんが、むしろ〝今こそ〟読むべきだと思ったんです。それも原文に触れてみたい、と」……

『サライ』（小学館）2020年8月号「日本の源流を溯る～古典を知る愉しみ」より

「更級日記」の一文一文には、無限とも言える情報量が込められ、それが極限にまで圧縮されている。だから、本作の現代語訳は「直訳」や「逐語訳」では行間にひそむモノを説明しつくせない。「訳」は言葉の背後に隠された「情報」を拾い上げるものでなければならない。踏み込んだ「意訳」に挑んだ『新訳更級日記』によって、作品の醍醐味と深層を初めて味読できる『新訳』に成功。

第2刷出来　四六判、全412ページ・本体1800円＋税

原文で味読——その価値は、どんなに卓越した現代語訳よりも大きい

湖月訳 源氏物語の世界

名場面でつづる『源氏物語』

島内景二著

『湖月抄』の読み方を知ることから、現代にふさわしい、新しい「源氏物語」の読み方が姿を現してくる。

「このシリーズは、江戸時代に北村季吟が著した『湖月抄』（一六七三年成立）に導かれて、『源氏物語』の豊饒な世界への扉を開くことを目指している。」「私は、近代の（そして現代の）国文学研究が軽視してきた「鎌倉時代から江戸時代初期までの源氏学の蓄積」を、何とか再評価したいと、願い続けてきた。「湖月訳 源氏物語の世界」全六冊に取り組むのは、このような、私自身の古典研究にかける初志・素志を貫くためでもある。『湖月抄』があれば、『源氏物語』を原文で味読することができる。その価値は、どんなに卓越した現代語訳よりも大きい。」

第II巻「おわりに」より

第I巻

本体2、000円＋税

第II巻

本体2、000円＋税

第III巻

本体2、400円＋税

第IV巻

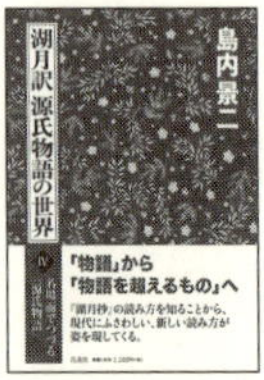

本体2、200円＋税

第V巻

本体2、000円＋税

花鳥社　　**全6巻の構成**

第Ⅰ巻　既刊（2024／4月刊）　300頁

鷗外も一葉も晶子も、明治の人々にとって、源氏物語といえば湖月抄のことだった。

本書では、『湖月抄』に反対した本居宣長の『玉の小櫛』の新解釈をも精査・検証したい。宣長を超える「21世紀の読み」が誕生するとしたら、この方法しかない、と私は確信している。

はじめに……『湖月抄』でたどる『源氏物語』
1　桐壺巻を読む
2　帚木巻を読む
3　空蟬巻を読む
4　夕顔巻を読む
5　若紫巻を読む
6　末摘花巻を読む
おわりに

第Ⅱ巻　既刊（2024／6月刊）　320頁

『湖月抄』は、原文を原文のままで理解し、鑑賞することの可能な、奇蹟の書物である。

……『湖月抄』も宣長も、結局は、男性としての読み方をしていることがわかり、近代の女性読者たちが抱いた強烈な不満も、わかってくる。

はじめに
7　紅葉賀巻を読む
8　花宴巻を読む
9　葵巻を読む
10　賢木巻を読む
11　花散里巻を読む
12　須磨巻を読む
13　明石巻を読む
14　澪標巻を読む
おわりに

第Ⅲ巻　既刊（2024／8月刊）　384頁

紫式部はなぜ、『源氏物語』を書いたのか。その答えを探す旅は続く。

このシリーズでは、名場面に限定しているので、残念ながら『源氏物語』の全文を紹介することはできない。けれども「神は細部に宿る」と言われる。

はじめに
15　蓬生巻を読む
16　関屋巻を読む
17　絵合巻を読む
18　松風巻を読む
19　薄雲巻を読む
20　朝顔巻を読む
21　少女巻を読む
22　玉鬘巻を読む
23　初音巻を読む
24　胡蝶巻を読む
25　螢巻を読む
26　常夏巻を読む
27　篝火巻を読む
28　野分巻を読む
29　行幸巻を読む
30　藤袴巻を読む
31　真木柱巻を読む
32　梅枝巻を読む
33　藤裏葉巻を読む
おわりに

第Ⅳ巻　既刊（2024／10月刊）　344頁

「物語」から「物語を超えるもの」へ

王朝物語と近代自然主義は、根本的に異なった文学ジャンルのはずである。『源氏物語』の第二部は、いわゆる「物語」ではなくなりつつあるのだ、人間の心の最奥の真実を見届けるのが、文学の使命である。

はじめに
34　若菜上巻を読む
35　若菜下巻を読む
36　柏木巻を読む
37　横笛巻を読む
38　鈴虫巻を読む
39　夕霧巻を読む
40　御法巻を読む
41　幻巻を読む
おわりに……番外 雲隠巻

第Ⅴ巻（2025／1月刊）　324頁

開け、ごま！　新しい物語の扉。ようこそ、宇治十帖の世界へ。

はじめに
42　匂兵部卿巻を読む
43　紅梅巻を読む
44　竹河巻を読む
45　橋姫巻を読む
46　椎本巻を読む
47　総角巻を読む
48　早蕨巻を読む
49　宿木巻を読む
おわりに……批判の矢に耐えてきた『源氏物語』

各巻A5判 ソフトカバー　　**2か月毎に配本〈2025年2月全6巻完結〉**

新訳紫式部日記

好評既刊　島内景二著　『新訳』シリーズ

『源氏物語』作者は、どのような現実を生きていたのか。

……私は、文学的な意味での「新訳」に挑戦したかった。すなわち、「批評としての古典訳」の可能性を開拓したかったのである。これまでの日本文化を踏まえ、新しい日本文化を切り開く、そういう「新訳」が必要だと思い続けてきた。

『紫式部日記』の本文は……現在の研究の主流である黒川本ではなくて、群書類従本を使うことにした。それは、黒川本だけでは解釈できない箇所が、いくつも残っているからである。ならば、日本の近代文化を作り上げた人々が、実際に読んできた「群書類従」の本文で読みたい、と思う気持ちが強くなった。むろん、黒川本と違っている箇所には、できるだけ言及するつもりである。

『紫式部日記』では、一条天皇の中宮である彰子に仕えた紫式部によって、日本文化が一つの頂点に達した十一世紀初頭の宮廷文化の実態が、ありのままに記録されている。そこに、『紫式部日記』の最大の魅力がある。

——「はじめに」より

はじめに…紫式部と『紫式部日記』への誘い　Ⅰ　日記（寛弘五年・一〇〇八年）　Ⅱ　日記（寛弘六年・一〇〇九年）　Ⅲ　ある人に宛てた手紙（消息文）　Ⅳ　日記（寛弘七年・一〇一〇年）　あとがき

四六判、全552ページ・本体2400円＋税